元·沈夢麟 撰

花溪集

中國書店

詳校官御史臣莫瞻菉

臣紀昀覆勘

欽定四庫全書　　集部五

花谿集　　別集類四 元

提要

臣等謹案花谿集三卷元沈夢麟撰夢麟字原昭吳興人舉至元巳卯鄉薦授婺源州學正遷武康令至正時解官歸隱明初以賢良徵辭不起應聘入浙闈校文者三為會試同考者再太祖稱之曰考試官然知其志不可

屈亦不強以仕年垂九十而卒是集為其元孫江西按察司僉事清所編凡詩文四百二十四篇夢麟博通羣經尤邃于易與趙孟頫為姻家傳其詩法七律最工時稱沈八句劉基早與之游嘗寄贈曰杜陵老去詩千首陶令歸來酒一樽其文其人具見于是矣乾隆四十九年八月恭校上

總纂官臣紀昀臣陸錫熊臣孫士毅

總校官臣陸費墀

花谿集原序

昔人謂立言而朽君子不由也然則君子之所由其有要乎噫難矣哉先輩之人學博而用周資深而積厚得志於時有所叙述諷詠典則之製成和平之音著聞或酬應無異道焉不得志而隱約於下亦率如是以自表見士林傳之後生仰之槩諸平生未嘗覶覶著述而垂聲文苑則擬之立言可也謂之不朽亦可也雖然抑有幸不幸存焉竊觀往世唐宋之文盛矣大家顯人昭昭

可數其他刻意文章篇目浩瀚具在藝文等志孰能盡見之哉蓋并其初稿而亡者多矣譬諸斷梗漂木泛泛烟海雲濤之間非無美材異質然倏忽蕩散莫知所之其有沉沒沙石从而獲出因有居士之題假山之號豈非幸哉文章之顯晦蓋亦有然者甚乎其為難也元之世文好瞻蔚論者謂南賦理而北雄剛格致頗不同文儒善以才自馳騁晚值改物濡化更務本實蓋文之不可泯者若吳興夢麟沈先生其人歟先生精易學舉後

至元己卯鄉薦授婺源州學正遷武康令至正多故解官歸歸安花谿故里時誠意伯劉公遊宦閩浙與世齟齬每相依谿上嘗寄贈云杜陵老去詩千首陶令歸來酒一罇其評品許與至矣國初以賢良官徵先生辭疾不復仕退以詩文自娱三校文閩浙再同考會試髙廟禮重之面稱為老試官年垂九十而沒先生博學厚積得志之日少隱處之日多感遇酬應富盈卷軸有花谿集藏于家尚論文事可謂老而成矣不意家罹禍子孫

謫戍北鄙集遂散佚近歲先生之玄孫刑部郎官清録因南畿過故郡訪求士夫家録得今本什一千百耳珍藏惟謹請言以弁其首予謝病索居乃縱觀焉馴狎仙禽廻翔于野未見凌霄之勢然羽儀楚楚精神俊逸自是出塵物也聞翰苑鉅儒欲選類國朝文字其能遺於斯集哉予喜先生之有遇且彰清之能孝不辭而序之弘治六年癸丑秋九月朔賜進士第資善大夫致仕刑部尚書莆田彭韶書

花谿集卷一

元　沈夢麟　撰

賦

清平山賦

夫何清平之山鬱鬱蒼蒼來神秀於天目萃佳氣於錢塘浮紫蓋而軼雲雨吐金景而凌朝陽豈天造而地設將俟時乎發祥爾其盤廻佛鬱坡陀衍迤襟帶乎三江

磅礴乎九地壯吳越之雄藩應斗牛之躔次翼然若鳳凰之騫騰奮乎若蛟龍之蜿蜒若乃林霏歛夕爽氣澄空鏘百泉之琴筑涵萬谷之笙鏞散天香於琪樹採月露於珠宮茲山之為清所以沛甘澤而振皇風也旣坦旣夷不陂不側鏟崿岕之巖崖翦蒙茸之荆棘布黃金以為地展白雲以為席茲山之為平所以息干戈而奠邦域也其東則天塹壁立海門中開納日月之出入通潮汐之往來渺靈槎于滄海接仙袂于蓬萊其南則神

禹之穴勾践之區山千巖其競秀水萬壑而争趨帆落

西陵之渡歌回遠浦之漁西望則靈鷲之峰呼猿之洞

聳樓閣之驚飛鍧鼓鍾之迭送瀉千頃之玻璃亘六橋

之蝃蝀北望則萬室鱗次百廛棋布塞車馬於康莊聚

貨財於商賈薇垣拱宸極之尊柏府肅秋霜之署蓋嘗登

高眺遠覽今撫昔感鴟夷之忠魂弔祖龍之荒迹射潮

之鐵箭沉沙艤浙之艅艎遺石老孤山之梅梢淡蘇隄

之樹色雲昏葛嶺之青月冷岳墳之碧慨往事之銷沉

漠然如長空之鳥沒也地處吳會天開聖朝皇風遠播陰冷潛消閩海隅之黎庶分廊廟之燮臯偉和寧之忠猷宣德澤而甄陶疏河流之活活賑饑民之嗷嗷藹甘棠之蔽芾聿新廟之岧嶤猗歟相君世濟其美帝念南邦民亦勞止汝其往哉繼汝先志相君是來承命弗替起疲癃於群生化強梁於四裔妖氛廓清文教漸被思前王而不忘崇梵宮而藏祀赫祠宇之再新勒貞珉而昭示日吉晨良禮備樂彰牲牷肥腯黍稷馨香集賓僚

之濟濟沛文物之洋洋化民德而歸厚衍流祚於無疆嗟惟此山俯仰千古表清平之嘉名與邦家而永固覽兹山之清者可以滌蚩尤之霧履兹山之平者足以遵皇王之路小子何知明時欣遇奮藩籬之弱翼勉登高而作賦冀天風之我吹附青雲之高步

金雞竿賦

太白流英昴宿宣精妙二氣之轇轕屹一柱而峥嶸近日月之精華宅天地之清寧此非金雞之竿所以肆赦

而得名者乎方其星沉麗水天雨櫟陽黄龍韜其端彩白蔵耿其寒芒質從革而不變材遇礪而愈彰若乃牟魃委赤瓜子隕黄霜菊爛其有色月桂屑而無香圓鈑肖乎馬蹄紫鏐噭乎禽吭闐富媪之珍祕哭吳母之灝蒼爰篚而筐爰襲而藏九貢集於内府三品來乎維揚于時鶉火夜伏雞星曉升遹桃都之孕秀騰榑桑而長鳴想其金咮朱冠丹頸玄膺蒼距矯攫彩尾翹騰赤玉刻彪炳之文紅綃翦爛煸之翎啄天田之稼稭飲咸池

之清泠一鳴而天門開三唱而離户明紀渻莫能刻其巧朱公莫能祝其名於是戒冶氏謹攸司合土以儆其像范金以鑄其儀方陰陽之磅礴發乾兑之端倪以為華蟲耶扣之鏗爾兮有聲以為踆烏耶望之昂然而欲啼爾其五庫之令少府之官經營意匠摩淳羽翰差吉日聳美觀爰出是雞擢于脩竿是竿也不蔓不枝匪撑匪拄干雲霄於上清俯埃溘於下土儼翰音之登天灑金莖之承露盤所以揚巽風作解雨也皇上於是乘玉輅駟

蒼麟鳳樓啟羽纛續大明升而六合燒一氣薰而萬物
春招鶴駕於青宮代鼉鼓於罩門乃竪雞竿絳幡翩翩
爰有鶴仙羽衣蹮蹮循朱繩以來下捧紫泥以數宣于
以端天下之本于以開人心之天周矢漢薪既從于滌
蕩鄭書晉鼎又表夫哀憐是宜齊人羞於委轡楚國愧
於封錢也且乾為金巽為雞斯剛斷之有取亦申命之
莫違故金雞之有赦所以軼李唐而有光式帝命於九
圍也遐邦小人敢再拜而獻頌曰維雞有星煌煌厥靈

于以肆赦乃平其刑維雞有竿絳幡翩翩維刑之恤王道平平於鑠我皇臨下有赦日宣重光時萬時億

記

西軒記

金莊盧亨字士嘉以其父彦明氏之命持前朝李雪菴學士所書西軒二大字來徵予文為記予問之曰子方青年雪菴學士去今七十年於兹矣子何以得此士嘉曰斯扁乃先世所遺者亨自幼罹兵戈家貧代食於農

罔知向學故先世名號之弗詳予曰予之先世我知其
大畧矣曾大父縣尹公嘗蒞歸安政官滿以其仲子贅
吾族花谿之沈生汝父彥明氏遂家焉尹謂予曰吾大
父踈齋公嘗為浙西廉訪使家藏有踈齋集予請讀之
當時名士之風流文采猶可想見意西軒二字必踈齋
公伯仲間齋扁也今予裝潢成卷表之以貝錦軸之以碧
玉寶之如大物且曰吾將闢一室揭斯扁於其上以為
親朋來遊之地嗚呼若子之志可謂不忘於先世矣予

嘗讀唐史見李勣謂其弟曰吾見房杜辛勤立門戶悉為不肖子弟敗之今以子孫付汝有不勵言行交非其類者即榜殺之觀此可見古人嚴於家訓者實有望於後也近世富家大族銖哀黍累積貲貨至鉅萬曾不旋踵為不肖子孫敗之者比比皆是焉況自昔年兵燹以來南北士大夫之子孫或入皁隷或沒廝役其視先世之琴瑟典籍與凡珍玩之物不燬於兵燹則必淪於草野又豈可勝嘆哉詩曰維桑與梓必恭敬止嗚呼若士

嘉父子之志其能不忘其本而賢於彼不肖者何嘗相去萬萬耶予故於此獨詳於盧氏之世系者將使彥明之後嗣觀西軒二字則孝弟之心油然而生讀予之文或者可以振起其故家文獻之風而自拔於流俗也士嘉之父子勉乎哉遂書為記

琴鶴軒記

音樂之至古者莫如琴羽族之至清者莫如鶴之二物者形質不相似也動植不相侔也而其聲音之感常流

通上下者何哉是故虞廷搏拊而鳥獸率舞瓠巴鼓瑟而游魚出聽伯牙鼓琴而六馬仰秣此琴所以為聖人之雅樂也鶴所以為神仙之騏驥信乎聲音感通之妙有如是焉予嘗假館於錢塘城東之湯鎮彼有學者錢以良人品清修好讀書能臨晉人帖又喜鼓琴其父仲仁氏扁其軒曰琴鶴嘗令其子求文為記予嘗諾之而老懶不能即應其請一日與以良同客城府時初秋餘暑未退復同舟還館所行未數里雷雨大作稍焉風止雨

休陰雲解駁明月在天清風襲人灑然有秋意舟至岸下以良邀予入室張燈啜茶取琴彈之初操宫羽曲鍧然若奔湍之落高岡也再操商角調飄然若柳絮之御微風也餘響未終有鶴戛然長鳴若自海南而來者嘹嘹然若奏鈞天於帝所焉鏘鏘然若舞霓裳於桂宫焉吾彈琴於下鶴聲應於上將翱將翔將止將起若雄倡而雌從也母呼而子應也盤旋乎吾屋之上久之而不去時夜將二鼓燭亦將滅鶴乎漸遠吾琴亦歇以良請作

歌以宣之歌曰大音寥寥兮聽者其誰新聲哇淫兮我心傷悲琴兮琴兮徽斯人吾誰與歸再歌曰有鶴兮高飛聲泠泠兮來海湄感琴聲而來下嗟吾入兮曾不如一羽之微歌畢以良乃下榻西齋扶予入偃息予乃陶然一覺不知東方明矣以良給筆劄請書之為琴鶴軒記

遯齋記

距錢塘之東三十里曰湯川海門控其南嶽祠抗其北

林麓蔽如桑柘沃若地宜菽麥園多柑橘疑有隱君子居之予因假館胡氏一日鄉之處士陳儁卿先生過予館下見其儒冠而野服神全而氣完意其為有道之士也及接辭氣語道理傾盎如平生歡與之締交自此始處士前以逸齋顏其居將乞文於一笑居士書來示友敬老人老人笑曰儁卿去我咫尺爾舍此而弋彼得非輕家雞而愛野鶩乎然儁卿吾之親友也遺聲利息交游隱于湯川老且久先生何靳一言以發之予笑曰儁

鄉嘗以文為戲矣今若此是誘我與一笑居士爭衡也是大不可友敬嘲予曰先生豈欲一文而三絹耶不然何戛戛乎難之甚矣翌日復請之曰先生怒至形於色不亦已甚乎故不得而辭焉然余聞逸之為訓曰超曰縱曰隱曰遁其義不一而足處士以是名齋將欲超逸乎萬物之表耶抑將隱逸乎巖谷之間耶今夫羅八珍於俎豆賓五齊於尊爵吹竹彈絲歌謳舞蹈以夜繼日沉湎濡首此流俗之縱逸於驕奢者也膏肓泉石痼疾

烟霞或釣於水或採於山賦考槃之歌享肥遯之利此幽人之隱逸適乎性情者也不降其志不辱其身非其君不事非其友不友此則孔子所謂逸民者下此一等若嚴光周黨之徒皆是焉今儁卿年高德邵其於流俗之逆吾知其不為也久矣若夫不降不辱處士其可序於逸民之列與儁卿愀然曰某野人也惡乎逸民之敢當予既而笑曰我知之矣予嘗造儁卿之庭一室中虛有扃弗樞匪雕匪飾君子攸居逸吾身也俯坐有席縱

吾目也通明有疏左列書史右置酒壺殆將延二仲於竹下招六逸於雎陽肆志乎文辭放歌乎樂章鏑鏑乎如振洪鐘以警聵也爛爛乎若炷明珠以發矇也然則處士名齋之義真能稱情於文章家者也雖然人情莫不欲佚矣使處士有田可以供伏臘有居可以適偃息逸則逸矣吾恐厥後之若子若孫不知前人名齋之義或流於放逸不檢不幾於宴安酖毒乎尚戒之曰易戒宜豫書謹無逸又曰毋始勤而終逸聖人諄諄垂訓寧

不凜然可畏焉處士喜而謝曰君子之愛人不以頌且規我後於無窮也請書之以為記

草軒記

草生天壤間為至微之物其載於書歌於詩雜出於古今騷人之詠者君子咸有起焉當堯之時有指佞草漢鄭康成有書帶草謝靈運夢池塘生春草至周濂溪先生謂其有自家意思今田仲儀以草名軒將取義於此歟抑他有所取歟仲儀曰不然予先世籍於真定吾父

嘗仕於前朝遂居於燕燕社既屋復挈家而南至淮安而
占籍焉既而有司以人材舉於京授以行人之命役滿
調寶慶稅司官先人因就養而卒獨奉母而歸因讀孟
東野難將寸草心報得三春暉之句遂築軒奉母以草
名焉僕聞之而嘆曰孝哉仲儀之志也夫草之初生也
雷動風散則句萌而甲拆然非有日以晅之則柔者不
能勁弱者不能華矣子之於親也亦然其劬勞之恩非
有父母之拊我畜我顧我復我安能長養以成立耶東

野春暉之喻政以為人子者之勸也近世富家大室歌于斯者多以山川名物花卉雲月顏其齋室不過吟詠壺觴以娛賓客之觀美而已豈其有意於奉養哉間有稍知孝弟者以為具肥甘以飲食可也從父母之好惡可也殊不知具肥甘之奉而或失於敬從父母之好惡而不能幾諫非孝也立身揚名而外作威福非孝也斡蠱肥家而内殉聲色非孝也或曲學以阿世或行險以僥倖幽而貽祖宗之辱明而貽父母之憂其為不孝亦

甚矣哉必也敬以養其志和以溫其色致肥甘以養其氣體視燠寒以適其起居正心以閑邪修身以制慾兢兢焉屬屬焉一舉足而不忘乎父母一出言而不忘乎父母至於流離顛沛之頃常若吾父母之在目夫然後如曾參之兩全樂正子之憂色庶幾矣而猶未也若曰報親之恩詩不云乎欲報之德昊天罔極記亦曰養可能也敬為難敬可能也久為難久可能也安為難嗚呼此孝弟所以為天經地義聖門首揭其要示人為仁之本焉

然吾觀仲儀之作巡於連雲也其始來也身雖榮於祿不見其母不樂也及一歲兩迎其母而就養而仲儀之心始樂矣於斯時也坐吾母於草軒之上少者奉盤長者奉水兄執爵弟執壺夫進饌於前婦相夫以備內外之官或戲綵於膝下或弦歌於軒中其喜也融融其樂也洩洩使胥吏視之而革其非心市人觀之而服其至行朋友聞之亦莫不起敬起孝也而稱頌焉是則草軒之設豈世俗之吟詠壺觴以娛賓客之觀美而已哉僕

與仲儀為文字交徵拙作已三載矣僕屢以老病辭今其秩滿將行情不能已强贅蕪辭以致别仲儀憮然曰先生覶我之言得之矣請書以為記

水雲軒記

石溪之上有蘭若曰寂照其主僧祖上人好與士大夫交甞於佛宇之西偏築軒一所四圍皆溪水環抱如束帶然窻戸明潔几席脩整無藻飾之華有樸素之雅南則東林山屏於前西則菁山諸峯羅列獻將致爽氣於

朝夕上人屢徵予文為記予以老嬾辭之不獲乃言曰水之與雲在易為坎山下出泉其始也涓涓然若一線之微散而為百川瀦而為陂池汪洋渟洄其明如鑑其淨如練浮者如雲癜者如縠躍者如鱗鬐振者如鷺羽而其萬折必東之勢放乎溟渤遠於江湖滔滔汩汩不舍晝夜于以知道體之不息有如此者雲生也其始若膚寸之微及其浮於太空英英揚揚迤者如張蓋飄者如垂衣或儼如奇峰或矯如武士或結為鳥獸或散為

枝葉倏焉而變則靉靉靆靆布滿六合不崇朝而雨天下于以驗物理之變化有如此者予嘗與上人憑軒而坐臨流而歌波光雲影徘徊乎几席之上可濯可湘可怡可悅可以驗道體可以觀變化不知樂之有會于心也然而上人者方以清淨六塵為明心見性之本然當其禪觀之傾心與水一其寂也未嘗不照其照也未嘗不寂其視是身也如孤飛之雲初無滯礙法且無有又何軒之云乎哉吾知上人名軒之意不過通假有借無

之名而已上人於是邈然悟躍然喜曰命之矣遂書以為水雲軒張本

松菊軒記

洪武丙子秋歲當大比閩府二司以禮幣來吳興招予主鄉闈撤棘之暇左叅議王公出松菊軒卷徵文為記予曰松之與菊幽人處士之所宜有之公今受命來閩宣化方面詎容逃名於松菊耶然松之生於山林也卓然之質蒼然之色沐雨露而不加榮凌霜雪而不加瘁

而其棟梁之材未嘗不存乎歲寒之操也菊之生於秋也皇皇其華揚揚其香而其風露之姿亦不為歲晚而改其節也之二物者公以之名軒豈無深意焉況大江之南而閩稱大藩庶物之繁夥錢粮之浩瀚盈於几案者文卷如山積訴於庭下者庶務如蝟毛苟以有限之精神應無窮之事物將見神昏氣竭心愈勞而治愈滯矣必也退食之頃休沐之時游泳乎琴書徜徉乎花木使神清而氣明如鏡之燭物隨照而賦形庖丁解牛遊

刃有餘地其於施設之際豈不綽綽然有餘裕哉而猶未也公方年富力强才全德備將見他日登庸廟堂之上黼黻皇猷經綸大業致吾君於堯舜之壽考措斯民於堯舜之時雍斯時也身享遐齡功成晚歲方將告老於朝歸休釣游之所入室而問曰松菊得無恙否夫然後沐陶貞白之清風詠晉處士之佳什前不讓香山九老之樂後無愧洛中耆英之會使松菊有知意必曰明哲而歸者吾松菊之東道主人也若然則名軒之意可謂

成始成終者矣公笑曰命之矣請書爲記

序

送歸安縣丞趙千頃序 并詩

余今年老且病日甚加以暑熱如附火杜門偃蹇不入城府者三四月昨之日姪子沈貞謁而言曰吾邑丞南海趙公滿且代聞避廨官舍僦市屋以居行且有日矣伯父辱知於公也甚厚可無言以贈之乎予作而起曰嗟乎才之難得从矣自吾邑之燬于兵也垂二十年于

茲錢粮之重科徭之繁户口之富貧田畝之虛實使吏於是者非有循良之才則民告病幾何不相胥而轉乎溝壑耶始趙公以儒者來丞吾邑鋤强梁扶孤弱宣化於公堂讀法於閭閻雍雍然有循良之風伊可慕也未幾而河東羅侯以進士來作尹尹以剛正斷於上丞以愷悌懷於下同寅協和教化流行使向之告病者如寒得裘渴得飲民亦汔可小康矣雖然余因是復有說焉儒者不曰窮經將以致用也然而白首窮經卒無一長

之利於物者何哉非經之罪也吾才之不足以展其用也昔為童子時每見鄉黨之論政指甲而言曰某也踈吏得以作威福又指乙而言曰某也黠民無以措手足及其自試一官吏抱案於前民訴訟於下迫以簿書之期摇以公上之命則瞀然而昏漫不知可否向之譏評者亦何異於木偶之笑土偶哉大抵時有古今事有難易設心有夷險賦才有優劣鳴琴之治可行於宓不齊之時而不可責於後世哦松之政可行於崔斯立之時

而不可責於今之日苟泥於此而不通乎彼則刻舟求劍緣木求魚吾見其用力勞而卒無可觀者必也本之以忠信濟之以才力廉以守之智以辨之剛以斷之柔以懷之如此庶乎為政乎游刃肯綮無難矣古人有言曰讀書萬卷不讀律致君堯舜終無術嗟乎才之難得也可與智者道難與俗人言也僕嘗以諸生謁公於休暇之次公以僕齒稍長復與於斯文見之進于賓階啜茶談論悉出篇什無吝纍纍乎珠璣鏗鏗乎金石可謂

聲律之道與政通矣於其行予不能忘情焉於是命僕具舟楫崇酒於觴韋子與姪追送之城東門外因敘以別然猶慮辭之不能達其意也重系之詩曰

吳興郡治山為城兩縣角立於股肱歸安樓欄枕鷗汀雙溪東流匯縣庭閭閻昔年燬于兵錢粮山出科徭并瘡痍告病鳴不平仁人過之弗忍聽重離宣光王者興布衣書客來作丞呼我父老集松庭恂恂撫字矜其情如彼熱熱濯以冰盤根錯節空崚嶒匣中利器新發硎

有時休沐溪光亭盍簪逢掖來蒸蒸髙歌風雅使我聽金舂玉應聲彭鏗嗟哉歲月如流星束書考績將朝京甘棠橋東水如澠花木礙舟留爾行沙頭我有酒一罌不如秦淮醽醁清天風鴻鵠秋㝠㝠仙人夜騎鳳凰翎帆如飛蓬爾勿停金甌已覆先生名

寧壽堂序

浙江布政司左叅政武昌周侯以寧壽名其奉親之堂縉紳大夫士咸為之歌詠其事適余自吳興來校鄉試

屬余為之叙余乃為之言曰天下之事足乎心而快乎已者常不能相兼故洪範以富壽康寧攸好德而為福老病有孤舟者壽矣而康寧有所不足焉九十行帶索者壽而康寧矣而奉養有所不給焉此禮之所以難全也周僕起家詩書官達天朝由小司寇出忝大藩佐方伯之榮秩三品之貴而太夫人以耆艾之年享千鍾之養升堂朝夕緋衣金魚光照白髮而耳聰目明四體强健子孫扶攜板輿羅列先後所謂壽富康寧於是乎備

矣然所以致此者則由積行累仁篤生賢子而其富壽康寧皆攸好德之所致也若余也犬馬之年九十有二雖未至溘先朝露而二子相繼早世煢然孤孫耕鑿以相養視周侯之尊夫人則五福有備不備之殊矣焉得不欣羡夫周氏而願執筆以叙其傳乎抑余聞之記曰養可以能也敬為難敬可能也安為難請為周侯誦之是為序

贊

楊原英像贊

貌厖而恭神清而充文采彬彬威儀顒顒手持鐵如意頭戴玉芙蓉寫閒情於綠綺振高步於雲松或吟風於詩篇之表或玩世於杯酒之中衆囂囂而莫我知兮將歸休乎苕水之南東賴月評之有在兮吾與子為鄉人之儒宗

田仲儀像贊

烏帽峩如朱衣襜如神完而清氣完而舒動容有威儀

步武鏘瓊琚望之者知其為中原之名宦郎之者識其為士林之吾徒志養乎草軒心游乎帝都吁忠臣本於孝子其田仲儀氏之人歟

古樂府

青荷葉

亭亭青荷葉托根水中央翠姿承雨露茄蕾散清香云何屆溽暑未擢雲錦裳我將製為衣憐爾藕絲長絲長終補袞心苦事君王縱使秋節至凋零亦何傷

姑惡詞

姑惡兮家嚴姑嘻嘻兮家顛爾命自薄兮又何慼江鄉春雨菇蒲緑日夜哀鳴誰爾憐

蓮房誤爲韓蕭山作

清水生蓮花花落蓮結實金粉委柔鬚緑蓬含新菂郎金蓮心苦買遺新婦喫還知游子衣難將藕絲緝君不見世間何物最關情蓮房元自蓮根生班班桑間雉雄雌相追隨云何美少年三十尚無妻所憂慰親老薄言

結婚好落花飛過鳳凰溪溪上誰家新婦啼

楊柳花

楊柳花飄零落誰家南風顛狂郎去急妾向江邊猶浣紗凝情洗得江波緑漢家漫說黄金屋回頭江北隔江南妾奉姑嫜郎做官

雲霄鶴簡趙季石

昂昂雲霄鶴託身喬木林一朝傾其巢痛憤不能任西飛過餘杭哀鳴有遺音公子鳳之雛求友乃其心招我

山之陽憩我堂之陰飲啄豈不好無奈樊籠禁維北有
嘉樹牖户重重深願言借一枝逍遥散冲襟

前烏夜啼

烏夜啼錢塘城頭楊柳哀東飛啞啞青海湄母兮前呼
子後隨風沙漠漠日色薄雖欲反哺將安歸烏夜啼兒
心寧不悲

後烏夜啼

東鄰有老烏辛苦生二子子兮毛羽乾母也忽已死衆

雛呼其群啄土聚成墳烏飛墳上栢哀號不堪聞君不見沘家橋西郭家住有烏養子青松樹

閶門曲

骨肉恩愛切莫如弟與兄云何甫少壯離居事分爭銖銖私貨財寸寸限溝塍遂令妻孥間誶語肆縱横昔為同胞親令為齊與秦昔為連理枝令為猶與薰靜言思厥初有淚沾我膺君不見井東桃根被蟲嚙井西青李亦不結

綠水曲

郎心如水流一去不復收妾心如水綠可照不可漉倚門日日望郎歸桑柘成隂無寸絲

西湖房中為韓蕭山作

妾家住西湖門前種宜男名花照綺羅舉步春毵毵終然無所託飄忽二十三夫子念夙好百里遺芳緘置妾坐中閨酣歌樂可湛河水本東流凱風吹自南豈無潔已心敢效衆女貪誓將事夫子朝夕奉衣衫入室星在

户褰衣花滿簾

鳩燕詞

雄鳩一何巧飲啄四顧常不飽燕子一何拙結巢茅簷手可掇巧者翻身被羅網拙者雌雄自相頡君不見世間禍福常千變林下雄鳩堂上燕

靈鳳吟

金陵嵳峩兮奠南極上有高臺兮去天咫尺鳳千年而來征鏘和鸞於朝日有雛兮東飛曜華彩兮若之湄瞻

烏林兮爰止聊逍遥以相依一鳴兮噦噦䜟宫輪奐兮集我衿佩再鳴兮協和宣聖化兮佐我弦歌嗟茗之水兮淰淰匪醴兮鳳不肯飲彼黍稷兮有萬斯億匪竹實兮鳳不肯食曰枳棘不可以久棲兮終當和鳴球而戛擊綵翮兮高翔乘灝氣兮超陰陽睇上林之玉樹欻歸飛於帝鄉顧饑雛兮垂翼風雨飄颻兮悲鳴啾唧顧追飛兮莫附仰寥廓而太息

詠貧女和邵山人韻

西鄰有貧女茅屋生秋風被服雖弗完生身在深重顔如氷雪瑩心與金石通夜深援琴歌哀怨託絲桐雖云妾命薄君子當固窮齊門本好竽汝瑟徒爾工浩浩水赴壑英英雲度空九疑路盤紆欲往疇能從顧憑斑斑淚洒向葛陂筇

詠貧士用前韻

東鄰有貧士竊慕夷齊風采薇式樂饑烏有異味重念昔躭文史名忝桂籍通一朝事乖忤如棄爨下桐得非

命之然豈曰吾道窮絡緯知秋節扎扎催女工出門催

科急入室杼軸空我老弗能顧揮淚寧無從何如順大

化策此扶衰筇

竹曲歌

瓜皮小舟蓮葉泛湘中風浪幾時休明朝一船蕩兩槳

載奴欵欵到湖州

纚絲纔罷婦猶鬔兩足如霜踏水車田家自有種田候

年年只看冬青花

練溪女兒美如玉買棕結帽衣食足近來却嫌藤價高
日暮江頭斫桃竹
楝花開時南風起送郎南征渡江水今秋若道郎不歸
樹頭誰采金鈴子

戲效鮮界教勸以詠種田父養蠶婦

種田父何辛苦身如槀驅汗滴焦土秋風涼露為霜石
上坎坎舂黄粱
養蠶婦何辛苦首如飛蓬衣帶藍縷璽索索姑不樂繅

緣不多妾命薄

花谿集卷一

欽定四庫全書

花谿集卷二

元　沈夢麟　撰

五言古詩

夏夜

暑雨晚初歇夜涼煩抱舒仰觀河漢高華星耿玉除况

茲月色佳亦足據槁梧心存氣愈清慾淡物自疎予懷

不須寫天游以為徒

讀東臯集有感因次其韻

長庚不覺夜啓明不及晨抱經長嘆息永懷井大春骯髒世寡合因親情獨真東臯有遺稿哀哉泉下人

又

甲衛列吳會湖江控藩墉當時入幕賔談兵考如鐘涉江遽永訣幽扃閉重重人亡絃已絶揮淚吾誰從

又

候蛩自鳴秋荒雞自司晨神化本無為先民如登春如

何百世下夭折戕吾真天道實好生哀哉無令人

又

探珠漫涉海射隼徒乘墉風花事已非傷心景陽鐘饑鴻何哀號長門隔深重之死矢靡他願言佩三從

再用前韻題陳敏道壁

我昔遊天台於路逢劉晨劉晨挽我留且度桃花春别來陵谷遷所見疑非真如何承平日有此避世人

又

滄江帶吾席青山繚吾墉我來吴門市屢聽寒山鐘美
人在何處西望烟波重白鷗萬里遠去去吾誰從

慈感方丈白蓮

城居厭煩抱幽討適僧宇眷兹玉夫容開軒俯芳渚亭
亭青霞蓋皎皎白鷺羽仙掌穠露滋玉井明月吐微香
隨風發清影淩波舞根雖生淤泥花已數淨土上人學
佛者念念吾與汝可人期不來搔手空延佇日暮且歸
歟予懷在南浦

訪邵賁谷於大河兇寓舍

迢迢大河兇吾地稱沃壤人烟稍稍集麻麥芃芃長美人吳淞來於焉輟吳榜舒舒龐德公泛泛陸魯望念君離群从鼓枻每獨往烹鮮荷厚意置酒飲醇醲贈我處士冠送我蒼筤杖況兹春服成河滸微風蕩人行綠樹中鳥泳清波上紅蕖散清馥美竹生新爽悠然見真意宇宙一俯仰鼎鼎百年內能着屐幾緉蒼黃迷長途老矣不可强浩歌斜川游終當脫塵網

聽松

風從中林興遺響度虛壁琴琴奏笙簧謖謖洒襟席初疑天籟鳴聲從耳根入哇淫一以洗神光夜生白斯言聽者稀勗爾藏諸密

夢大風

大風入我夢弊廬不支吾舍弟踰垣走弱女褰吾裾驚呼赴庭闈母已出除趨仰天致祝辭再拜神明扶我屋雖云壞我母幸無虞喜躍乃驚寤始悲清夜徂旦起候

太卜我行且踟躕卜人云吉占徵以周公書泚筆記茲夢斯言豈予誣

縣庠露坐偶成

赤日下西嶺解衣沐蘭湯沐餘試白苧振策步迴廊潄齒井泉洌掛巾喬木涼仰觀星斗高白頭被天光煩囂盡消散冲襟欲飄揚心存氣愈清境空物自忘所以陶靖節終焉老柴桑逝者諒如斯歸休豈不臧

夢母

吾母逝已遠昨宵夢見之皃兮步西園母也從東來儀容若憔悴鶴髮毿毿垂倉忙趨膝下嬉戲如平時既坐即欲去其行亦徐徐前趨欲抱負母云且扶危吾弟從旁來左右相夾持母體素充廣男力不覺衰意謂久離别令見心亦疑行行近中堂既喜亦復悲明月照東樓淒風動房幃瞿然忽驚覺號咷淚交頤

贈徐玉山

山中徐道士終日啓玄關鶉衣日百結鶴骨秋孱顏朝

駕青牛出夜騎白鳳還彈劒咽鯨海掀髯拂狼山問事
竟不荅長嘯天地間

贈棲雲觀王瀛洲

江水日夜綠長淮如玉龍仙子一羽士樓居弱流東賣
藥街市上或言是壺公步虛靈風集敕水銀河通醉插
碧桃花笑把青夫容倐忽不可見日照蓬萊宮

連雨閉門賦詩自遣

珠米不盈斗桂薪屢無烟一室如懸磬四壁風雨穿僕

夫饑欲去黃犬垂頭眠所需百無一妻女徒煩煎我方讀書罷岸幘南風前仰觀雲悠悠俯瞰泉涓涓逍遥大化中聊以全吾天

狼山

狼山瞰大江北望烟一點登舟我將濟稍覺神情歛舟師平明起伐鼓聲坎坎乾坤忽混合上下同瀲灧斯須南風順揚帆疾如梭江回日脚走仍慮坎窞險測淺試長竿迤邐次西崦齒齒龍或嚙硧硧鴻初逺兩崖水瀧

瀧一塔雲冉冉先山鬼神護眉黛江妃染自從白狼去
比歲遭多儉公家疏漕河無乃民力慊我將作險語時
危慮褒貶回眺通州城忽忽日已晚

通州

城門何重重云是南通州周回舊佳郭屈曲新增脩昔
為魚鹽市中外人民稠厥令扼要衝水陸此經由商賈
聚百貨牛羊散千頭自非州佐賢何以免誅求桓桓李
樞府於焉駐貔貅寒日擊刁斗清霜拂兜鍪鳴貂敵膽

落吹角梅花愁狼山雲氣青淮水日夜流天意諒有在兵戈已宜休戎顧車同軌仍為子長遊南山復故道吹簫上揚州

余中

余中瀕海門望望斥鹵地居民多四散共享牢盆利昔人生厲階於此置官吏摧鹽限程期立筴事鞭箠烟飛朱火騰海立銀濤沸漉沙鉛淚凝椎鑿瓊英碎天高歲崢嶸草白北風厲玄雲閟萬竈積雪照千里陸輸車軋

軋水運舟尾尾雖云國課集民力已凋瘵蹇驢歷亭場攬轡察地理大江繞長淮殺氣寒贔屭增科苟不息禍亂恐未已吾將扣閶闔悃悃訴微意狂言倘欺君薄命有如水

東皐圖

天回見龍角始雷發東隅勾萌與甲拆品彙一以舒條風從東來靈雨亦沾濡嚶嚶黃鳥鳴逐逐雄鳩呼伊人思舉趾朝出東皐鋤且鋤且復耕種苗根欲疎苗生慎

勿摳傾榼休吾劬仰觀雲英英有鶴翔天衢俯瞰泉涓涓有魚泳清渠物性各有適吾生豈無如所以陶靖節舒嘯常于于既云乘化歸世利烏可拘優哉高夫子樂此東皐圖

餘杭高氏徵予作問月樓操琴所修篁亭觀瀾軒四詩

華月出天表清天照高樓迢迢樓上人酣歌延素秋上探清虛窟下躡黃金流徘徊復徘徊閶闔風翏翏何當

駕飛鸞與子為天遊
高子志大雅結廬絃素琴遺音妙難測中舍造化心吁
嗟韶濩遠新聲日哇淫縹緲高鳳翔衆鳥徒繁音撫几
三歎息誰鑄鍾期金
琰彼山中泉朝夕鳴琮琤幽人息處坐聆此水樂聲浩
浩聒文琴泠泠女媧笙谷風遞遺響鏘若鈞天鳴浩歌
幽澗泉予懷在斯亭
宣尼善稱水川上揭微言卓哉孟軻氏觀瀾泝其源道

體諒不息聖功浩無端所以軒中客游心水之湍願言
樹明德朝夕相勉旃

李判簿以鹽粮至璉市相見後為古詩奉寄

縣簿出東市老夫遠相尋再拜接名言如聆鸞鳳音徽
求匪我私撫字乃其心瀹茗留我飲賦詩令我吟道合
情話浹如蘭亦如金告别徒步歸茅屋日已沉驅馳亦
何事有酒聊自斟折簡風策策鳴渠雨涔涔詰旦期再
候東望溪流深

甯節婦

青天夜漫漫黃河日湯湯天高與河廣妾恨何時忘藁砧作胥子易簀妾在旁手懷黃口雛哀號赴河陽結廬在墓門松柏忽成行吳淞連甲第維南有姑嫜夫亡妾不歸其如倚門望駕言遂南邁登堂裂肝腸滫瀡具甘旨蘋蘩薦烝嘗于以訓孤兒念彼歲月荒悲風吹我帷寒月燭我房魂來諒有知妾身如未忘昔憂顏如花茲欣髮已黃生為甯家婦死為甯家孀朝家旌吾門何以

荅彼蒼顧言保吾志子孫世其昌

楊原英招飲和壁間韻

黄塵喧市衢利析秋毫末於焉有佳士冲抱吐華月把竹清風動揮杯紈扇歇感子意勤拳老我慙蹇劣

又

夕陽下林抄清飈起蘋末披襟歌既醉坐待東生月翻翻歸翮盡稍稍玄蟬歇因之成雅言非輕較優劣

車叔明凝清軒燕集

西軒敞深靚花竹儼分列丹杏始匀脂芳梅已飄雪於
馬有佳士冲抱湛華月方欣文字交復此杯觴接盇盇
篆烟散馥馥蘭佩結氣澄塵慮遣道符情話愜起坐歌
旣醉再拜賓筵徹(音撤)緬懷韋左司遺響殊未輟偶因成
雅言贈子以為别

送烏程縣丞秦曼卿

秦丞燕趙士夙稟魁梧質憶昔來吴興典教分冷席維
時承平久城郭煥丹碧捲簾白鷗波開户青山色朱門

日烹羊青樓夜吹笛秦也善與交宴歎無虛日而我偶
相見傾盖如夙昔扁舟花溪道從此往來密丙申遭喪
亂鄉井兵戢戢挈家東海頭秦也來告糴飄零同苦辛
檢括盡狼籍歸來田園荒家徒四壁立明年事稍定官
府各分職詔許專封拜仕者紛紛出秦也素本强秉心
癸傾日掉頭花溪東弗肯祿其食吾廬得數過每到排
闥入朝盤索我飯夜枕據我簀有衣許多穿有酒喚同
喫宗族或序飲班坐皆弟姪非徒膠漆堅實藉手足力

通家二十年毫髮無嫌隙前朝既板蕩重瞳麗南極鶴書搜遺士府檄到蓬蓽匍匐入城府同舟赴京國布衣見天子綸音荷存卹僕因老且病賜歸深感激銓曹重身言取士用唐律泰也好人品拔擢超常格一命倅星源未覺恩袍窄此州文明地朱子有故宅聞君善為政沾丐先賢澤再調來烏程喜若歸鄉邑父老爭歡迎朋友慶良覿栽花近百里讀律守三尺政無哦松迂性有采詩癖不沽赫赫名已種冥冥德同列能周旋大府總

稱述茲辰及瓜代駕言赴考績長江路千里秋水天一色秦也不可留日短風帆急春臺鳳凰鳴夜榜白鷺集爾去書上考承恩定增秩嗟我久衰朽不可遠行役瀰塘徐稱舟東山謝公屐送君過此地高風詎能及采蘋表中素買蓮剥新菂何以寫别離有酒甜如蜜長途政秋暑子去好將息今夜故鄉情明日天上客

舟出碧浪湖望横山有作寄烏程令

揚舲出南郭迎風碧浪生白鷗鏡中度青山溪上横煩

抱頹消散郤吝無由萌絪懷孫令尹結交有真情

嬾雲軒

白雲何英英變化不可期朝從飛龍去暮與白鶴歸作霖施已溥逍遥固其宜出壑弄清旭入林含夕霏聚散有常理舒卷無定姿悠悠諒何止稍稍堪自怡所以軒中客習嬾常似之嗟我倦行邁歸休玩天倪願持一尊酒歌此停雲詩

蕙蘭圖

有美一拳石形色何贔屭芳蘭産其陽被以寵光蕙清風濯紫莖穠露茁瓊蕋猗猗麗緑艷揚揚散芳氣詠之入絃歌紉之稱余佩雖云襍荊棘玉質終不斁披圖成雅言庶以慰幽志

檑隱

幽人好幽樹移根河之洲朝夕灌漑之緑腴夏隂稠素榮散清馥玉質含凉秋微霜一以降文章爛千頭剥膚善療疾釀泉消百憂所以巴陵人以比千户侯吁嗟葉

處士逃名軏溪幽爵禄不入心吾生諒無求彩服趣庭隅酒壺叙朋儔逍遥橘中樂豈為衣食謀老夫請作頌歲晚同淹留

題扇贈義門鄭叔致

層巒擁青螺群木結本蓀英英白雲生滃滃玉氣繞烟村茅屋虚蘿逕人踪少石梁有來客巾屨何皎皎得非浣花翁適彼求終老故人諒不拒歲月吾已耄丹青寫此意豈曰便面小因之請奉揚清風散冲抱

葵軒

種葵庭階下雨露滋其榮脩莖擢翠羽餘霞麗錦英煌煌斑衣並炯炯丹心傾忠孝萃一門庶慰君子情

送長興王珪章縣丞

客從長興來相見好顔色方新樂欣知遽别中心惻君子何草草駕言赴考績金陵舊都會山川控南國朱樓凌紫霞石城含玉質喈喈靈鳳鳴矯矯白露集兮去書上考承恩定增秩煌煌珠還浦灼灼花滿邑相期早歸

來朋酒罄良覿

松雲軒

蒼松駕絕壑茅屋敞高丘急雨打窓過白雲如水流童奴趨石上賔主坐泉頭若道歌招隱吾當與之儔

黄鶴山人竹石

愛此一拳玉上倚珊瑚枝綠鳳忽飛下墨池雲起時始聞蟄雷動復見涼風吹相期保貞節黄鶴令何之

松石軒

青松何丸丸白石亦齒齒託根山澗阿德與君子比若人酷好之移置階前地攀枝風謖謖捫翠雲歸歸朝盤采金粉夜鼎煮玉髓親友每相過斟酌尊有醴竹高夏簟涼氷泮寒魚美豈惟樂嘉賓至行吾仰止維時届煩暑火氣蟲蟲熾昜兮慎厥脩優哉且藏躧

息齋竹

薊丘李縈祿好寫珊瑚枝丹穴鳳初下墨池雲起時裂素風瑟瑟展卷秋離離妙手不再作令人起遐思

又

蟄雷起林谷石根稚子萌解籜粉香濕捫玉清風生頭角未盡完琅玕已崢嶸願持苦節心永結君子盟

溫故齋

周孔去我遠法言具方策至道浩無邊君子貴多識孜孜習舊聞稍稍有新得雖云涵泳切亦在格致力心融理自明志一疑自釋歸來有餘師魯鮮韓孟感勗哉佩先訓終歸聖賢域

存誠齋

玄聖賛大易存誠揭微言于思述孔業造道其天淵下逮程朱氏析理猶精研巍巍作聖功仰之鑽彌堅先哲示持敬後覺終開先乾乾當自强存存宜静專執德或二三役彼虚妄靈台日以昏望道亦茫然所貴主一功惺惺真無愆卓哉存誠訓朝夕相勉旃

望魯

尼丘鬱叢叢魯城奠中土我家居其陽有亭父之所亭

前花木榮亭下兒女序吾親諒康寧於焉日容與嗟予作冑子定省違燕處前年拜君恩受命來閩府驅車戒嚴程憑軾屢回顧親恩固難酬王事亦靡盬飄飄天風發渺渺白雲度兒身在南閩兒夢在東魯自慙居處崇綿力竟何補忠孝無由全予懷淚如雨

義門家長鄭仲德先生號采苓子卷 有序

僕訪仲舒太常於江浦之義門承仲兄德翁先生日相與文酒之樂暇日出示采苓子卷詩一編采苓乃先生

自號太史景濂宋公既爲之傳詳其事諸大夫士又著爲詩文以歌詠之宫商交作金舂玉應使采苓子之名逃名而我隨矣雖然詩之采苓乃甘草也甘草可和百藥而不能延年若先生之采苓乃茯苓也本草謂松脂入地千年化爲茯苓服之可以長生僕因相從之久密扣先生采苓之説而盡得其祕歲暮將歸輙效橘頌一章以謝之

瞻彼青松欝林莽兮輪囷萴艻托根固兮上生兎絲如

秬黍兮下生琥珀如絳炬兮爰有君子鄭仲父兮篤爾孝義貌圭組兮采苓九藍山名節獨苦兮有鎛有鐃跑厥土兮調以玉杵碎鍾乳兮載采其花黃雪雨兮載割其脂金膏澍兮或蒸為粱饑可茹兮或釀以酒酌可取兮匪資金石媾龍虎兮豈惟延年可輕舉兮我勝金華有仙侶兮於焉服食牧羣羜兮遐我玉音不可覯兮既見鄭子蘉中素兮我師其術百疾除兮式通其靈如筏渡兮鶴鳴于天風乎舞兮篤言上征子出祖兮載采其苓

吾與汝兮買之而去如一羽兮太虚冥冥吾不知其所兮

卻饋獐

淮鄉重冬至亭民饋𡍼獐關西畏四知長官何敢嘗爾獐速持還此禮毋再將食肉我所鄙食菜士之常雪落蔡人碎天高北風涼阿童折梅花為我把一觴

松竹軒

門前種青松屋後種修竹雲來鶴巢青雲去風毛緑之

子諳吏隱卜居水之曲掃花黃雪深解帶清風穆嘉賓時過之足以娛棋局毋令有遐心金玉在空谷

樂安草堂為錢塘孫孟博賦

人生百年內流景如過隙胡為不自悟反受衆形役優哉孫處士明決介于石結屋俯長溪濯纓謝塵跡釀秋益真性種樹詠封殖心清百憂消慾澹衆喧寂況有二子賢孝養能竭力恐恐逸則怠諄諄勗朝夕逍遥大化內顧蒙藏諸密亦以居之安其樂諒有得請君歌此詩

大書具堂壁

七言古詩

代歸安縣官謝陸大本同知祈雨有感

陽烏飛空烈秋暑高田下田欲焦土老農呼天有司懼官曹齋沐請甘澍維皇赫赫乃弗許吳興通守前杜父去年掉頭脫圭組黃冠束髮眉目竪掀髯長嘯隘寰宇朝騎白鶴秋一羽自言辟穀神仙侶能為皇家作霖雨右相憂民心獨苦願禱圜靈雨多稌我侯承命若輕舉

夜朝魁罡叩天鼓噴噀清泠勑雷部六丁阿護真宰訴
醉鞭垂龍聽吾語叱咤六合生烟霧電光夜掣黄金纏
雷公怒揮霹靂斧洞庭兩脚翻銀浦天花一夜生禾黍
野人不識陸明府相持牛酒謝田祖甘棠橋東水争起
侯之遺愛載行路邑司駿奔喜欲舞三軍歡呼洗兵馬
作詩紀功孰敢侮

祖庭索喜雨長句

吳地今年小麥熟量收十倍釜鍾足家家作磨般春雷

雪花飛滿田間屋維時冬青花盛開如何梅雨望不來
蘊隆蟲蟲氣如炙坐見溝洫生塵埃皇天一念種田苦
夜勑龍公降甘澍瀧瀧兩脚急如注斯須平地成沮洳
阿童報我農人語夜來溪漲添尺五白鷗泛泛美如玉
老魚跳波潛鮫舞稿秧盈疇爭快覩饁彼酒漿勞田父
彼蒼者天雨多稌蠢爾蟊賊誰敢侮我方作客水雲軒
囊中自笑乏酒錢請師速為沽一斗憑軒歌此喜雨篇

鄭義門三老圖

白麟溪頭鄭義門螽斯麟趾何詵詵中有三人同胞親
白頭孝友敦天倫伯兄頎然七尺身皎如野鶴超雞群
山中宰相天所賚義門梁棟渠為尊仲弟夙稟風神秀
手拂長髯曳長袖逍遥林下采松花釀得春醪為兄壽
季也温恭美如玉官樣文章尺度足經筵進講沐天香
詞林掌制分蓮燭萬里新從燕趙歸弟兄共着山人衣
有序堂中拜家慶棣花軒内生光輝松根奴子身曲局
燒竹煎茶汲山渌阿兄奇傲據牀坐二弟隨行足容蹜

香山九老不專美洛下耆英如在目吴興畫手稱絶倫靜也趙家之外孫涉江奉母亦勞悴貌得孝義如其人老夫與鄭交有道愛爾丹青爲來好吁嗟此圖關世教如岡如陵多壽考吾亦低頭頌三老

贈日者金先生

金先生八十三黄髮風飄蕭鶴骨秋蘄巖賣卜漁浦上吉凶不虚談門開東市來屨滿簾垂落日先生酣我從浦江回緇塵滿衣衫來家不相識先生息吾擔斟白酒

分黃柑敷我床簀脫我冠陶然一覺睡夢繞江之南雞
既鳴天欲曙金先生我別去行人報道江船開出門日
上梅花樹

金人出獵圖

燕然山前沙草黃天垂四野秋風涼急裝動服意氣揚
馬上為家弓矢強中原鹿走秦之失臂鷹牽犬爭先得
風毛雨血洒穹廬殺氣騰騰日無色憶昔經界分中邊
近郊斥堠多烽烟秪今輿地復故步我顧開荒種禾黍

千秋萬歲供王賦吁嗟金湯孰敢侮

舟回青州聞喪内

御河水逆灘聲吼客愁拍塞船女斗舟泊青州得訃音吾妻已入黄泉久同州馬趙勸莫哀烹雞在船仍置酒落花風急水禽啼腸斷江南汝知否遥憐堂上白頭親應在中閨哭新婦

壬寅歲夜坐有感

花溪臘月差丁戌妻子跑來入城府漳南咫尺哭聲連

群盜縱横毒如虎官兵不來佐相憂質身應此睢陽許

挑燈展轉不成眠白頭坐聽梅花雨

導道枯木竹石

李侯胷中有林壑揮毫束縞驚摇落山中夜半霹靂飛

拔地蒼龍奮頭角霜皮剥盡春陽姿雲根削出瑚珊枝

峥嶸不假神明力下有緑竹相因依吁嗟李侯誰敢侮

游戲江南文藝圃如何龍伯忽相招竟跨神蛟躍波去

畢卓醉眠圖

銓衡品秩俱廢弛藏身麴櫱有妙理比舍春醪繞鼻香甕下頹然呼不起洛陽銅駝荆棘中夷吾復生馬化龍新亭謾作楚囚泣不如一醉樂春風是非憂樂兩俱忘眼看世人何短長人生不滿百十歲何用一時富貴忙

三月二十二日承恩後赴部給文諸公索賦

我生東吳稟性薄有子無成有孫惡上黷天刑下覆宗仰視皇天淚空落西望金陵十日程山川跋涉良難行一童扶衰驢背乘陳情有書訴天庭黃綾裝池沐蘭馨

通政上奏帝乃聽玉音肆赦盈衆耳蟣虱之人死復起
侍臣抄音奉地官尚書丹心明鏡懸仙曹同列文章賢
幕中秋水生紅蓮明朝復奏天顔喜全家放我歸田園
嗟予逢時年已老朽骨無由報穹昊願給文憑早赴歸
千里春江白鷗渺

楊妃吹笛圖

唐皇天寶承平久内荒聲色宮夜醲誰將玉笛進君王
紫鸞飛上眞妃手詔令眞妃來帝傍坐吹楊柳口脂香

玉音嫋嫋銷剛腸含宮泛羽哀思長紅桃侍兒一雙玉近前欲按霓裳曲湖山石畔春陰陰柔情付與芭蕉緑笛中楊柳吹未終漁陽鼙鼓聲逢逢御牀臬兀紅袖泣六宮粉黛烟塵空崎嶇蜀棧摩天闕青騾力盡金鞭折回顧真妃一點魂馬嵬蹀躞輪蹄血三風十愆聖所哀明皇胡為蓄禍胎畫圖豈是金鑑録至今觀者徒傷哉君不見虞廷兩階舞干羽簫韶九成鳳下來

唐知州雙松圖

唐侯胸中有丘壑落筆長松出林薄蛟龍並作勢欲飛

鸞鳳雙棲翠交錯開卷清風謖謖吹掃花黃雪紛紛落

唐侯早歲稱奇童畫山初學趙魏公晚年縱筆入韋偃

下視衆史俱群空吁嗟此公今已逝流傳遺墨人間世

老夫興懷為題識陳家寶之永毋墜

梅花道人山水

梅花道人盤礴羸畫山畫水無不可興來縱筆不用皴

奇峯玉立蓮花朵石根喬木青叢叢群柯羅列如兒童

兩翁兀坐茅屋底衣冠彷彿商顏同一翁匆匆下山去
涉江擬趂漁舟過塵途當暑正炎熱何事擔簦赴焦火
嗟予頽景已九旬頻年主試沐聖恩只今無由報穹昊
歸休泉石終吾身

沈思敏山水圖

會稽儒者韓徵君渠是魏國趙公之外孫胄蟠神秀有
源委落筆群峭生煙雲峯蓮削翠開朶朶瀑泉噴玉流
紛紛神仙樓閣抗龍首山人茅屋棲雲根漁舟兩葉通

谷口石梁有客來前村乃知意匠奪天巧經營林壑何嶙峋老夫舊歲閩中去道經武夷泊溪滸上有文公九曲之棹歌亦有仙人鍊丹之洞府躋攀勿驚風雨至蒼黃若被神靈阻歸來忽忽三四月沈郎邀我具雞黍夜披畫圖索題識恍如坐我武夷下嗟予素有登臨癖哀老無由追故步不如返棹浣花溪依舊歸休釣魚所

單于夜宴圖

朔風蹙發揚沙堁穹廬苦寒指欲墮戎王夜宴擁貂裘

玉人如花正襟坐紫衣呵煖煤火然橐盛馬湩當酒泉
一杯濡唇不下咽代雲回首心煩煎侍兒斜抱琵琶立
疑是昭君嫁來日淒淒春草塞馬鳴泠泠弦索秋鴻泣
當時長安兵力虛和親納幣非良圖可憐廷議得下策
至今志士猶欷歔大明天子御神罷天生聖武肅綱紀
絶徼威行攝弧矢皇風一振風雷馳千秋萬歲稱勇智

王母圖

未央宮中春日長千花錦繡雲霓裳武皇求仙熱中腸

少君授以却老方翌朝青鳥東來翔翩翩雲軿下青蒼
群仙俱驂白鳳凰東隨阿母朝君王金支翠綃相焜煌
飛琚曳珮鏘琳琅鈞天廣樂張帝旁緱山子晉來笙簧
武皇迎之奉霞觴玉門仙棗請先嘗阿母含笑天回光
手提玉桃進一雙人言食之壽而康帝瞻瑶池路茫茫
人間歲月西飛忙回頭銅仙泣淚滂向來方術殊荒唐
茂陵石馬秋風涼吁嗟詞客歌劉郎

春雲出谷圖

米家素有書畫癖春雲長自毫端出英英觸石膚寸微
無心每藉東風力仙家變化如有神吴綿擘碎纏春迹
有時為我載鶴歸怡悦不減陶貞白元暉此畫有真意
佳氣時時起東壁雲兮雲兮我呼汝玉葉金枝美無度
莫向山中伴衲僧好為商家作霖雨

袁安卧雪圖

朔風㩳發氷崖裂千蹊萬逕行蹤絶喬林一夜天回春
琪花玉葉紛成結汝南歳暮雲四同閭閻不識袁邵公

門前大雪深數尺先生高臥氣如虹洛陽縣令民之特造門掃雪春無迹先生咄咄不下牀能使頑廉懦夫立清風凜凜高無鄰名垂圖畫如有神嗚呼如今眼中寒士誰甘貧有如洛陽縣令能幾人

蟋蟀吟

十月蟋蟀入牀下胡為舟中夜深語阿威側耳不成眠親手張燈無覓處岸上誰家燈火明沉沉機杼秋無聲蛩兮蛩兮何不催爾織織成白絹供官徵我歌蟋蟀亦

良苦唧唧啾啾良復訴開篷濃露白於霜織女停梭淚如雨

黃浦水

黃浦水朝來載木綿潮去催官米自從喪亂苦征徭海上人家今有幾黃浦之水不育蠶什什伍伍種木綿木綿花開海天白晴雲擘絮秋風顛男丁采花如采繭女媪織花如織絹由來風土賴此物祈寒庶免妻孥怨府帖昨夜下縣急官科木綿四萬匹家富打户借新租

貧者沿村賒未得嗟嗟黄浦水流恨何時枯誰知木綿
織成後兒啼女泣寒無襦

贈筆生陸文俊

苕霅東來水如練溪上涵山老孤巘山下人烟如井邑
家家縛兔供文苑吳興閣老松雪翁書法直與鍾王同
當時筆家爭效技陸顥一出超群工嗚呼顥也收聲久
諸孫文豹昌其後承恩玉几天回光懷寶東吳不輕售
同宗文俊藝更精論工與豹相杭衡宣毫拔萃露雨濕越

管入手風雲生世間駑駘雜汗血孫陽不遇誰旌別羊柔肯寫黃庭經籙重難臨青李帖金花煌煌封兩頭紫毫價重珊瑚鈎客來寄我茅屋底貧居豈有瓊琚酬老夫今年七十九目昏手顫書何有工耶拙耶且莫論請過華溪酌春酒

尚絅齋辭

文綺雖華好不如布帛之暖老八珍雖甘肥不如蔬食之樂饑聖門設教有條理立心當自下學始錦衣煌煌

被吾體加以畢縠蔽厥美闇然而章乃君子錬師抱一學老氏外不表襮中則韡以絅名齋良有以君不見五陵繡衣輕薄兒言蠟梔貌徒夸毗繁華富貴一朝落雖欲尚絅將焉施吁嗟不學令人嗤

五言律詩

鄞江漁舍

東望鄞江曲西連鑑水波登臨思往昔歲月歎消磨潮落紅魚出沙明白鳥過漁郎有茅屋客至把青荷

野航

一室淨無塵門通畫舫鄰若分鷗鷺席能受兩三人江水家家綠溪花岸岸春杜陵貪佛日隨意賦詩頻

雙溪漁隱

苕霅一浮家全勝奉使槎攤書篷下讀沽酒店頭賒魚上花如雪鷗行水露沙風流有如此官課不須嗟

滄浪漁笛為趙縣丞作

鷗鳥雙溪水荷花百頃陂自公休暇日之子釣遊時烟

雨孤舟弄乾坤一笛吹曲中無限思誰和倚樓詩

爲杜玄德題韓介玉山水小景

每愛韓生畫清温似魏公羣峯開錦繡一樹襍青紅佛刹岡頭見漁舟谷口通徵君草堂裏絶似浣花翁

分來字韻送劉用章郎中入越

丞相存吾道司徒得俊才論兵煩入幕作賦好登臺鏗曲黄冠盡蘭亭白髮衰吳中花滿眼别後望重來

雙鍾乃山名也刑曹掾索賦

鍾阜玉氤氳晴窻檢白雲螺鬟相對立眉黛忽平分學記時時讀書聲夜夜聞匡廬藏息處李白最能文

四薌圖

奈爾四花何王孫筆意多騷人歌結佩仙子詠淩波白吐珠璣蕾香浮露雨柯頻頻采詩者載酒屢相過

寄沈文忠

與子五年別其如契濶何停雲猶昨夢伐木每長歌老景西飛日新春東逝波花溪茅屋在無遠每相過

題山水小幅

虛閣俯漣漪朱樓入翠微石根群樹合谷口一僧歸瀑布晴猶落油雲濕不飛細看圖畫裏不覺竟斜暉

送沈淵赴閩清縣令

相見還相別能無酒一壺青驄初息駕赤縣又飛鳧荔子枝頭熟鶯聲樹底呼到官煩問政無惜苦勤劬

雪室

林下凍雲垂天花拂鬢絲定回元不夜窗白已多時作

賦工無益安心請勿疑維摩虛席久吾欲賦襟期

寄海門許平仲縣尹

同是科名客衰年領薦書君今跨鳧舄吾獨困鹽車竈火冬猶熾軍需日不虛艱難總如此東望一長吁

五言長律

乙酉三月以疾假榻九曜寺喜文忠隨至因成五言十韻題壁間

瘧鬼雷驚去跫音雨送來坐深煩問粥力疾不勝杯已

借高樓臥徐看落照開厨烟頻爨蜀山果欲肥梅風景
那堪説干戈亦未衰紅巾春爛漫白骨晝崔嵬賤子哀
吾道諸公議相才看雲從坐起顧影久徘徊憂國同誰
哭思家每獨哀請看忠穟傳與爾肺肝摧

輓玩雲道人二十韻

若雲稱多士鄉閭見吉人故家遺典禮喬木抗風塵振
萃髯如戟韜光目有神箕裘煩紹述經史足紛綸未展摶
風翼先騰縱壑鱗桐廬施設好樞府贊襄頻語往徒勞

悴懷歸遂隱淪種瓜將學圃去國倍思尊有子能勞事趨庭善悅親未論金騕褭豈是石麒麟性嗜階前鶴情怡席上珍玩雲詩奮錦好客餞傾銀屢約歸吾老俄驚遘爾逝歲秋星沴子鬼物夜呼賓勳業歸黃土文章勒翠珉傷哉清眼少已矣白新頭憶通昨家舊居常與爾論繁華同是夢潦到可憐春世態輕三益天常重五倫作詩成永別嗚咽淚沾巾

輓義門鄭伯陽先生二十韻

山入金華邵星分婺女墟白麟天上出黃耇此中居天
叙先吾老家人慎厥初睦宗書百忍教子足三餘棣蕚
榮蘭椿荆花拂板輿高畀有橋梓孝義表門閭老我曾
覯禮多君不棄樗登階煩倒屣留客荷褰裾亟饋庖多
肉長歌食有魚開園摘新橘會食薦嘉蔬濫吹慚吾道
懐歸憶敝廬囊金渾散盡瓶粟已無儲指廩煩推巳封
囊遠致予哀衿情已至感激我非虛跋涉山川隔淒涼
歲月除十年成契濶千里斷音書白露三秋杪黃花九

月初忽聞華表鶴已化夢中骨往弔舟藏壑徒行石有砠臨岐揮老淚三歎久踟躕

花谿集卷二

花谿集卷三

明 沈夢麟 撰

七言律詩

北京同年鄉會

郭外行廚樂且湛柳條春水緑相涵九重策士綸音近三月看花酒氣酣天下驊騮多冀北榜中人物半江南明年重應金門詔未必狂生不與驂

紙帳

新製溪藤斗樣寬日光玉潔照衣冠可容公子圍春色

秖為儒生障歲寒五夜白雲頭上起一天香雪夢中看

覺來門外霜風冽却憶蒼生卧不安

王彥美載夢舟

風波滿地若為愁醉卧浮家蝶化周一枕潮音通鼻息

片帆月色照神遊橫江曾伴臨皋鶴高枕還依海上鷗

秖恐元戎眠不著起來蓬底看吳鈎

貞白池上飲酒

秋風蕭蕭吹我裳上公池上同揮觴紅蕖出水晚色淨碧梧過雨高雲涼今之時流張乃事古來達者和其光浮雲富貴如此耳仰天一笑俱忘羊

中秋夜泊黃河

黃河滾滾浪翻盆百尺颿檣上下奔月色偏於今夜白河源不改舊時渾雷行西北通天極風送蛟龍入海門欲酹一觴歌九叙千秋萬歲禹功存

人

禹跡茫茫一岸巾星槎渺渺不知津波神豈為蒼生恨
元氣同流萬里春帆席高褰風色順霜華初落鴈聲新
壯遊不作悲秋歎夜夜開蓬望北宸

過徐州

戲馬臺前戰代收北遊燕趙偶維舟蘇仙伯仲成黃土
宋代文章見此樓桑葚釀泉紅灧灧魴魚上水白浮浮
登高弔古平生意日短風帆不可留

李白酒樓

神仙樓閣倚天開我也登臨亦快哉不有靈風生錦袖
空餘明月照金罍雲霄鴻鴈冥冥去齊魯山川滾滾來
問訊樓東舊桃樹汶陽别後有誰栽

灤河記夢

清禁迢迢夜未央夢隨法界出灤陽仙翁斫桂露香濕
宮女洗花雲氣涼天近星辰俱北拱風高鴻鴈自南翔
覺來更悟人間世樓角烏啼滿樹霜

聞真白兄卒哭寄孟昌姪

又聞卒哭若為情尚憶佳城不易成舊日文尊猶有汝
新年形影已無兄杏花桃葉俱春夢寒食清明總哭聲
西望新亭淚如雨欲攜家釀恐同傾

送虎大舉

使者旌旗向日懸南風打鼓發樓船蓬萊海邑三千里
閶闔龍光尺五天送别况當多難日關心頻數中興年
玉堂親友如相見為道狂夫只醉眠

張别駕如杭分題得浙江亭

浙水秋風日夜哀獨憐亭子倚江開百年王氣從龍去八月潮聲帶鴈來吳越兵戈沙上語江山風景掌中杯不知别駕登臨後載得詩筒幾日回

答張德常

與子昔年遊帝鄉别來歲月何其長偶遭世亂苦鬱鬱不覺老淚今浪浪吳松月明幾家好洞庭秋風千橘香已擬重陽過桐里先拚一飲醉莫囊

鑑湖分得燕字送馬易之

鑑湖春晴好放船登臨不惜酒如川馬家茅屋春波繞禹廟梅梁鐵鎖懸江左文星多聚越海東潮汐直通燕觀風采得詩千首好趁雲帆送上天

歌風臺

孤舟入沛夜如何況復登臺感慨多龍虎已銷天子氣山河元入大風歌九霄霜露凋黄葉五夜星辰下白波獨有當時三尺劔至今光怪未全磨

送友人赴杭分題得龍井

昔年龍井憶凭陵曾見丹光石上騰鱗甲在淵猶剩水
袈裟照影有殘僧風流遺老吾無及摇落孤亭客重登
稍待西湖天雨雪鬭茶同煑玉壺冰

放張德常不值其弟相邀賦草堂

扁舟訪舊過桐里令弟邀人賦草堂龐公何事入城府
馬卿多情求鳳凰滄浪濯錦百花笑落日倒影群鷗
翔誰言門巷苦逼仄青雲玉佩長鏘鏘

元宵客城府代姚子張答友人韻

郡國開筵賞上元金吾仙仗擁群賢天光夜照金蓮炬花氣寒輕蠟燭烟五夜雨風淹樂事幾家簫鼓入新年歸來齋舍清如水獨有花燈伴醉眠

送完顏子中赴浙西廉使

閩省薇垣雨露香又持繡斧上錢塘百年禮樂渾凋落一道綱維要主張西湖鶴送梅花酒東序烏啼栢樹霜封章若奏澄清策最喜鴛行有范滂

京華秋興

露下金莖夜氣清秋生畫角客心驚非關鼓瑟齊不好自嗟學劒吾無成青天多風鷹隼急黄河滿地魚龍鳴此身未知歸何地憑高四顧淚縱横

送余伯圭會試

棘闈前歲拔時髦一榜人才爾獨豪六月飛鵬初擊水千金名馬肯同槽風煙夜静神燈下天闕秋清鴈塔高會見瓊林霑錫宴杏花紅日照宫袍

寶林八景

萬竹軒　飛來峯　金沙泉　臥龍岡
玄席塔　鰻井　鐵鉢　袈裟

鸂鶒咬咬紫翠重金沙泉上憶追蹤神明何代移靈鷲
城市無人識臥龍石井畫蟠金蝘蜓天燈夜照玉夫容
欲知衣鉢傳何事請聽黃梅夜雨鐘

冬至

城郭雞聲報五更起來危坐候陽生群陰剝盡天機見
七日朋來吾道亨南國梅花春寂寞中天雲氣曉崢嶸

閉門稍待天時定同挽銀河洗甲兵

邁院判席上分韻得能字

江上長城爾獨憑折衝尊俎燕良朋千金弊帚誰當享百罰深杯我不能桃葉春江風衮衮杏花寒食雨繩繩參軍若說京華夢曾與官奴一匹綾

將妓凌波圖

令妹風流秀且都翩翩如秋水迅芙蕖可憐有美懷珠玉相伴淩波入畫圖巫峽雲來空想像楊花雪落半虛無憑

誰載酒雙溪畔先為彭郎乞小姑

送貢侍郎和糴還京

侍郎和糴下苕川覩此荒城亦可憐憂國固知民是本足兵無奈食為先青青楮幣來編户白白楊花送米船民力不凋王事集春祀鳴玉早朝天

詠芍藥送妓

群芳落盡雨初晴芍藥迎風拆絳英緑染宫衣雲影蕩紅翻仙掌日華清贈行溱洧春無賴看到揚州花滿城

後夜月明歌舞罷夢囘猶憶步盈盈

客樓偶題

溪上東風吹酒船羅衣別淚濕離筵誰家碧草飛去

烏一逕落花啼杜鵑客館春醒詩總廢荒洲日薄夢相

牽酒醒却憶少年事忽見青山意惘然

贈趙待制

蓮花莊北長橋東客來卜居水晶宮參差樓閣煙塵外

窈窕山川圖畫中細雨新帆來舞袖故家喬木鎖春風

請看杜牧題詩處千古風流一笑同

揚州李子威載歌者遊湖州特過華谿予因留杭不得相見因以詩寄之

碧瀾堂下載嬋娟揺蕩春風樂少年千里過門君有意一尊留客我無縁揚州簫鼔人如玉江水琵琶月滿船稍待秋高騎鶴去相隨李白酒家眠

答張蜕庵學士韻

綵舟三月駐河濵學士登臨發興新水泛雙溪初過雨

花開韋曲不勝春烏鄉酒熟從為客巫峽雲來若有神
別後蘭茗依舊緣定應愁殺白頭人

遊普陀山

普陀勝地由來險大海中央出翠微千古仙靈祕巖穴
九天法雨灑珠璣金沙浪暖神龍舞小白花香鸚鵡飛
稍喜寸心瞻禮罷東風相送布帆歸

盤陀石上觀日

盤陀石上接崆峒俯瞰朝陽升太空萬頃經濤浮上下

半天金景貫西東古今人物重明裏南北山河一照中
如此登臨良不惡更凭高閣洒天風

侍沈子原先生訪雪林講師

茗水東頭開佛筵野橋當户玉聯拳池蓮夏茂多重蔕
林木春青只半邊石刻捨田由宋代山門錫額自唐年
白蘋洲上清風遠歷世諸孫不乏賢

梅竹軒

湖上峯巒列翠屏軒前梅竹静疏櫺粉香夜集嬋娟女

蒼雪凉飄翡翠翎舊日調羹煩鼎鼐秪今問訊及清寧
勸君更植三槐好會見繁陰滿户庭

寄宋思賢

與子不見三年多苦遭離亂柰老何孤帆近宿舜江上
故人遠在東山阿雲氣滿樓都是雨夜凉如水欲穿羅
西州何似東州好早晚商量結薜蘿

寄慈溪令陳文昭

因風問訊慈溪令每怪來鴻不寄書風俗過江多閑羅

亂離為客歎無儲公田七月收紅稻山縣千家食大魚見說海東時序好欲攜妻子就耕鋤

寄范希孟

越鄉為客酒難賒空採荷花過若耶性癖懶為黃祖客身貧欲種邵平瓜鶴鳴瀛海風如水龍起姚江雨散花東望故人何處是夜凉吹笛岸烏紗

寄危大參

亂後歸來四壁空每瞻北斗憶群公已聞參決中書政

應有經綸絶代功荆楚包茅違祭貢勾吳秔稻待秋風
尺書欲寄平安信秪有雲帆海上通

荅周玉雪左轄

鄉國兵戈杼軸空寸心憂國苦忡忡謾勞傳檄求毛義
深愧無才比石洪南省官儀新製作太湖兵氣襍青紅
腐儒㮮散知無補只合携書往瀼東

松雪齋池中太湖石

魏公池上玉芙蓉元氣淋漓濕貝宫溪女梳頭雲冉冉

天丁鑿翠雨瓏瓏品題甲乙平泉遠變化風雷艮嶽通
回首太湖三萬頃酒酣濯足洞庭空

吳門老親舊藏松雪竹一幅翰林諸公題滿其
上唯虞道園先生為絶唱因附贅鄙作

學士歸來鬢已絲醉揮縹鳳綠參差湘靈鼓瑟風行水
嬴女吹簫日在眉蒼雪未消摩詰畫黃鍾還叶道園詞
可應二老風流盡令我重磨洗玉池

送夏副樞兼簡錢叅軍

副樞承命山陽去真為皇家握重兵塞上旌旗朝北斗淮南保障倚長城貔貅夜度河氷合閶闔雲開劒氣清若見叅軍煩問訊老懷日夜望昇平

初見棲雲觀

棲雲觀前淮水長北風凛凛梅花香神龜出地戴玄武白鶴上天朝玉皇朝採茯苓和玉屑夜尋枸杞識丹光射洪若有如泉酒從此題詩到上方

客舍遣懷

天道茫茫不易談金人猶自口三緘坐清已免丹徒令起廢聊爲斥土監青眼阮公仍獨駕白頭杜甫自長鑱南來若問吳門隱只有梅仙思不凡

曉登狼山懷王叔明理問

日出長江烟霧開夫容插漢青崔嵬仙人已跨白狼去長史曾騎黄鶴來吳楚中分天設塹干戈四塞水如杯令人苦憶周公瑾羽扇綸中一俊才

送俞彦明河内監縣

越羅織翠舞衣凉把酒東城野水香别意正如春草緑
閑情無奈柳花狂葡萄釀黍傾天禄樂物關心采地黄
十月到官公事少封題應寄沈東陽

寄錢叅軍

叅軍經歲守淮夷王事羈縻恐廢詩甘旨關心煩令弟
春秋傳業喜佳兒山陽月静還吹笛淝水風連自奕棋
若道軍中指揮定折衝樽俎是吾師

戊辰歲在杭簡曾先生

越上官軍未解圍江船連日羽書違臺城有恨忠良死藩翰無謀將帥稀風雨滿城蛙鼓合乾坤日夜鬼燈微腐儒憂國慙無補北望神州淚滿衣

避兵錢塘寄彥忠

吳興文獻之子孫我與孟勲為弟昆青春作樂猶昨夢白髮凋零非故園明月美人千里隔秋風喬木幾家存西莊代食收杭稻還念先生食指繁

秋懷

落木蕭蕭奈爾何洞庭日夜水揚波閶闔風俗非吳語城郭兵戈半楚歌風雨蒼生來鬼樸烟花紫禁舞天魔老懷幽憤無由訴忽聽天風過野鵞

寄江浙左司員外郎張光弼

員外才名自不羈每聞休暇好題詩十年入幕譚兵慣九日登臺發興奇霜落芍陂催穫稻風連淝曲未收棋功成歸臥山陽市笑折薇花對酒巵

徵君識面氣如虹佳句驚人未覺窮木橘秋風鴻羽振

屋梁春雨燕泥通近聞鸞閣招仙侶不信雞窠有老翁

會見鶴書催入覲詩成應奪錦袍紅

寄陳公望

憶别吴門歲忽殫尺書勞爾問平安兩鄉明月誰家好

千里長江行路難震澤雪消鴻鴈喜秦淮日短白鷗寒

君家早晚還丹熟願賜刀圭振羽翰

芙蓉莊

花上微霜落未多紛紅駭綠柰愁何翠裳曉浥瑶池露
霞佩秋生錦水波心賞不辭千日酒歲收可但百廛禾
何由繫纜靈山下與子憑軒一醉歌

寄陳公望弟兄

十載兵戈淚未乾士林耆舊總凋殘每於吾道求三益
豈謂衰年識二難詩禮庭闈稱伯仲梧桐巢宅表衣冠
嚴君退食園池上拭目雙珠也自歡

寄錢叅軍

傳道叅軍已趣裝劉郎口語豈荒唐幾回見月驚殘夢
千里停雲憶報章故國梅花南日近中原戎馬北風涼
何如同去吳門市雞黍登堂赴范張

荅喻桂山

讀書吳下猶前日濫吹学中愧此身傾葢已煩青眼顧
盡簪長怪白頭新山川北去悲牛鬼雨雪南來送鶴神
如此相逢拚六醉梅花愁殺未歸人

寄陳長史

丞相新除陳長史鹽車猶困沈休文盍簪每忘雲泥隔
借榻誰拘上下分閶闔風傳朱鷺曲海門月靜白鷗羣
平生不作彈冠態只恐王陽有意聞

鶴軒為薛鍊師作

吳門羽士鬢眉厖長載華亭鶴一雙萬里遊心同泛梗
千年老氣獨猶江船頭夢覺月照席篷底聲聞風滿窗
我亦金華未歸客便應從此上吳艭

贈別羽士蔡霞外

上國歸來暫息機每臨溪水洗塵霏清秋一舸沙邉繫

落日雙鳧霞外飛采得桂花催釀酒折將蓮葉贈為衣

相留信宿還相別月滿茅山借鶴歸

柳洲為陸德陽先生賦

楊柳闌干翠欲扶杜蘭洲渚緑相紆政憐兄弟三間屋

同占東南一曲湖桃葉微風來小艇藕花秋水下雙鳧

絳帷若道琴書罷莫惜鄰家對酒壺

訪東山上人

上人亭子臨流開圖書四壁瑩無埃已從天台見茶椀復入匡廬銜酒杯梅花紅白池上發雪片大小空中來前村又報鼙鼓急氣酣日落聊歸哉

和周廉使韻

官梅照眼白於雲坐聽談詩席屢分靈響盤空㧗自覺惡聲報夜不須聞謝公折屐心應喜張旭揮毫氣正醺深愧諸生藉鈞鑄一官初試泮宮芹

龍門賓客總如雲何事黄柑獨見分陸績遺親真有感

封人錫類豈徒聞自憐錦里頻年病誰識斜川竟日曛世味秖今隨浪迹朝盤麗糲煮香芹

萬壑松濤

蒼翠羣峰歲月深連林風葉自成吟輕雷殷殷龍驚蟄靈籟颯颯鶴在陰身老惡聞鼙鼓振心清如聽海潮音何由借榻山中宿月落西窻更鼓琴

送石景廉赴上海二首

吳會河山接帝京石家兄弟鳳凰翎兄為守牧如甘雨

弟作郎官應列星潮到縣門凫漫喜琴彈署柳鶴來聽

我因舊令曾觀政君比前人更恤刑

海上扁舟繫鶴沙昔年曾過縣公家鱸魚客舍無拘束

雞犬人家少怨嗟紅箭夜舂秔稻粒白雲晴紡木綿花

到官風景能如舊為爾須乘八月槎

題松雲竹

吳興畫竹妙天機每愛臨流解帶圍翠袖涼生蒼雪下

墨池雲起紫鸞飛曾聞神女遺珠珮漫詡詩人說綠衣

回首王孫芳草合白鷗飛去水光微

舊舒鄭叔文寓舍多種諸色菊花獨冬菊一枝雪中盛開僕往來觀之不厭叔文索賦

舊溪寒菊更鮮明爲客看花倍有情晚節不因霜後變餘香徧向雪中縈頻煩鄭老謀清酌却笑靈均賦落英聞道移根故園去高堂三老定歡迎

道原長老凝翠軒

縣公健筆題凝翠此日登臨思不羣山擁晴嵐青袞袞

天垂秋影白紛紛金銀塔廟殘烽火雨露松杉厄斧斤
坐據胡床一盃酒黄冠頭上有青雲

又寄道原長老

溪上層軒倚佛幢憑高不覺壯心降天光下被緇衣客
山色平分玉女窻湖海故人驚隔世闌干清淚有如江
浮生俛仰渾如此西望滄浪白鳥雙

和王鶴中秋翫月

陽川同看中秋月今夜蟾光分外新風露香傳金粟樹

嫦娥愁殺白頭人名叨桂籍瞻雙闕夢到槐根又幾塵

有酒便應招李白揚眉對影不須顰

德中弟招看杏花

舍弟開園早見招舉杯花下挽長條彤霞遇雨烟猶濕

絳蠟凝香雪未消老眼看花驚亂世誰家橫笛又良宵

酒醒忽憶觀光日與子聞鶯海子橋

杏林仙館為王士誠作

廬阜移根向日栽東風曾為董園開朱霞半點青陽雨

絳雪微消白玉杯地發丹光春滿屋月明簫管客登臺

緱山更有難兄在誰道吹笙不下來

藏春軒

花木庭除日載陽客來燕坐室中央不須簾幙圍歌妓

賴有闌干護海棠南國黄鸝長隔葉東家蝴蝶漫偷香

詩成不道緘機泄一夜條風到草堂

和道原長老韻寄鄭叔文

愛爾層軒上下寬我來君去不同歡月明同詠登樓賦

風色先吹適越冠南國天高鴻鴈喜西陵潮落白鷗寒還
家若憶休文老青眼何由伯仲看

琴鶴軒

喬梓陰陰緑滿林每因琴鶴叙朋簪五絃誰和南風曲
萬里聲聞大雅音柳絮雲浮春澹澹仙衣露濕夜沉沉
西窻翦燭相期久一洗哇淫為子吟

梧竹軒

誰道槐陰不再榮碧梧翠竹賀新成高雲晴覆銀牀井

蒼雪凉生綠酒觥落子正堪靈鳳啄抽萌還共鯉魚烹
明年歸去戍三樂汎掃庭闈宴父兄

萱草圖

堂上奇峰刷翠濤石根萱草映藍袍侵凌凍雪青鸞尾
飛動薰風綵鳳毛心在庭闈思報荅恩於兒女受劬勞
花間若道生荆棘擬囑園官為爾薅

題趙子介白雲窩

出壑浮雲膚寸微每看舒卷坐柴扉無心海上從龍去

隨意山中伴鶴飛引景怡情曾有賦杜陵臥冷不勝衣
老夫亦欲歌招隱輸與先生識化機

揚半樓

老夫野處無全屋揚子樓居善折中已與白雲分戶牖
從教蒼翠隔西東客來泛席無餘地月出簾開不滿宮
却憶舊遊燕趙日花房紅袖鎖春風

來鶴樓二首

青天月色白紛紛有客能招野鶴群不向水邊鳴夜半

肯來天上鑒秋分神遊寥廓乘清氣影落闌干化白雲
早晚姓名除碧落乘風同禮玉宸君
雲霄一羽忽飛下不道樓前月滿江經誦蕊珠之子聽
聲聞華表我心降笙簫夜過黃冠客風露涼棲玉女窗
擬借白雲騎一隻莫辭玄圃更無雙

卧雪為袁子志賦

門外雪數深尺强袁郎高枕也應狂月明蝴蝶迷何處
酒醒梅花落滿床縣令亦知吾道病先生不管北風涼

揮毫枚乘偏能賦消得渠儂酒一觴

贈醫隱山伯英

習家池上風流在千古山公今有孫長年賣藥舊館市有時載酒烏程村秋風橘子垂丹井春雨杏花開古園誰謂交游輕市道老夫曾與宋清論

義門鄭叔文仙人舊館

金華我欲乘風去舊館君能縮地來山近茅君句曲洞天連蕭史鳳凰臺洞庭雨脚吹笙坐華岳蓮花濯錦開

好是水晶宫裏客尋真何必到天台

水北山居

門前流水玻璃合屋後青山雲錦堆鳴鶴在庭仙客過白鷗銜浪酒船回東都處士歌行李南國詩人賦有萊更待芙蓉開幞下老夫遮莫抱琴來

銀河精舍為楚太守作

漢水通天上下澄結茅江畔並氷陵天光电白鷺珠闕夜氣如虹貫玉繩石壁曾邀符守過星槎終待使君乘

郡齋見說無膏火夜讀應分織女燈

青溪耕叟

溪北溪南啼鵓鴣村村雨足夢維魚紅梨花吐風初定白水田翻草已除傍舍開荒先買犢老夫無力自揮鋤

朝廷若下勸農詔爭道先生夜讀書

追送蔣宗道回越

名酒百壺春始波度江不別意如何青山家近詩人䏲春水船如織女梭禹廟衣冠空想像蘭亭文采已銷磨

平生弔古登臨興早晚相將發棹歌

送義門鄭仲援福建布政使司左參議

參議新除閩海去君王憐爾義門來承恩特遣中官送
奉旨先乘駟馬回百越花香逢婺女三山雲氣接蓬萊
憑君傳語賢同列好展丹心答上台

送黃士嶧福建布政司左參議

榕葉鶯啼五月涼天開政府控炎方少年參議承恩重
白髮鄰翁賦別忙鶉火含丹催荔子雞心切玉薦賓郎

閩中風物能如舊莫惜緘題遠寄將

寄韓膺王弟兄

十載歸來白髮新家徒四壁亦甘貧憂來每詠停雲句
别後全無裹飯人茅屋天光都是雪梅花風色可憐春
傳家賴有仙人酒東望扁舟整角巾

荅邵山人二首

客路休歌君馬黄風波觸處有瞿塘謀身總被儒冠誤
避地翻憂戸屨忙綠樹繫船留野客白鷗送酒淨滄浪

木桃贈我何勤切佳句驚人屬老蒼
荆棘荒凉日色黄謝家猶剩舊池塘可堪哀病從教醉
除却科徭有底忙溪上客來雲冉冉樹頭花落雨浪浪
且謀雞黍論吾道敢爲成虧訴彼蒼

簡邵山人

扁舟浉上水爲居西望烽烟百里餘客子開篷霜降後
家人擣練月生初兵連苕霅天垂象水落吴淞夜泣魚
若道瓜田多蔓草老夫早晚爲君鋤

和邵山人過宇韻二首

吳淞東去羣鴻散嵒雲西來一舸過池上屢陪山簡醉座中曾聽薛華歌中年鄉國黄塵合長夏江村緑樹多擬與賀公同結伴黄冠野服晚婆娑

亂後還家如旅泊愁中貰酒喜人過每吟栗里停雲句不作南山種豆歌故宅東風歸燕静孤村夜雨落花多白頭却憶觀光日曾賦神明與駁娑

送友人

春江千里水如梭捧檄東行奈爾何家世本非刀筆吏才能合舉孝廉科酒酤朱雀橋邊美花落烏衣巷裏多到得山林春未晚好隨鴛鷺上鑾坡

夜飲送友人

陌上飛花吹鬢鬚老來聊學少年行三槐有客來吾道千里論交不世情柳拂花溪朝繫纜鶯啼韋曲夜飛觥相覩未久還相別日落前溪送櫓聲

送長興縣丞考績赴京

藉甚長興不負丞烱如萬壑出清冰客來花縣朋簪盍官滿松廳治行稱苕霅船開風滿席秦淮雪落酒如澠到京考績應書最知子承恩自此升

荅邵山人二首

苕溪今夜月同明幾度開門聽櫓聲寒食杏花愁裏過故園春草夢中生可無茅屋留君住亦有良田貸爾耕尚憶楊溪供給好令人何以荅髙情

酒熟比鄰不用賒醉鄉結伴了生涯得歸栗里重栽柳

休説長安再看花蜀國杜鵑啼别樹丈人烏烏落誰家
令人謾洒千行淚羨爾先乘八月槎

答董彦誠

瓦礫容場燕不歸故園草色亂春暉梳殘白髮吾驚老
散盡黄金客過稀好辯孟軻無煖席長貧杜甫典春衣
相知只有淮南董一寸丹心死不違

訪陳敏道不值

不憚風波兩日程孤舟聊繫故人情翦花與我為賓主

醴酒從人結弟兄秋穀已銷吳甸雨寒潮不上闔閭城白頭欲製烏啼曲付與漁郎短笛聲

荅王判簿

判簿作官清且廉棲居數月苦相淹雲開雉堞青山繞秋入鷗波夜雨天鑑曲未容狂客去秣陵終待老夫潛衙回若見黃堂守勿說丹崖有宋纖

和韻見烏程諸公

烟郭行舟信宿停釣竿風色拂東溟故人賴有郎官宰

野老同瞻處士星春草滿堦公事少朝盤留客爾殽馨
明朝返棹歸何處家在華溪白鳥汀

再用韻簡庶道長二首

青油幕下我車停文采如虹貫八溟朝對紅蓮歌綠水
夜占吉鳳候三星西園雨過看穠李南海風來憶素馨
肯為老懷謀一醉酒酣濯足白鷗汀

烏鄉作客鳳鸞停曾挾鵰鵬化北溟偶過西都歌振鷺
遂令南國仰文星種花縣署陽春盎釋奠黌宮黍稷馨

報政歸來書上考不妨釃酒藕花汀

送温判簿

枳棘如何棲鳳鸞名郎秩滿似飛仙一廉如水歸公論
百里皆春豈偶然江路梅花迎上客都門柳色入新年
承恩若見同寅士相賞春燈過上元

荻溪漁隱

荻花溪上水光微新築茅茨倚釣磯春雨棹歌西塞曲
朝盤飯煑北山薇開門見月能吹笛有客無殽每典衣

只恐少微明不掩徵書早晚到柴扉

贈弁山朱錬師

蒼翠神宫接紫臺錬師行道有仙才興雲劍氣如人立
彈指雷聲送雨來龍虎夜從金鼎躍鳳凰時載玉笙回
功成高臥烟霞裏有酒須傾三百盃

代任郎中送友人還關中

秦關百二山河壯冑子三千國監榮西望白雲生我屋
東瞻金殿憶神京林間稚筍詵詵出花下安輿款款行

富貴不如歸省樂親朋爭賀酒壺清

夜夢得魚數十占者謂有大雨越二日果雨

佳魚入夢已開先溪水俄生大有年秋盡雷聲時殷殷冬來雨脚日懸懸禾頭生耳愁無柰菊蘂飄香濕可憐幸有濁醪沽滿眼飲中時復望青天

陸文寶筆花軒

練水春生洗玉池陸郎邀我試毛錐天葩五色江淹賦宮錦千章李白詞仙掌露穠傾茧菑玉毫烟暖長辛夷

便應借爾軒中筆題到平生吉夢詩

楝溪陸文寶耕墅軒

楝花溪上即滄浪之子求田自有莊寒食開荒連夜雨秋風穫稻滿天霜可堪北里黄金盡不似南翁白髪長十月滁塲朋酒熟相期介壽殺羔羊

答趙季石

吾道難危不可扶閉門只合著潛夫震驚二月天飛雹野哭千家吏索租舊雨溪山曾有約故人雞黍肯交孚

請看氷雪相輝處為是題詩我不諛

送談太守朝覲

菰城五馬朝天去三月秦淮春正繁群牧在廷同報政九重考績每臨軒洲回白鷺園春水花拂金魚賜緑樽預掃凝香聽鳴玉老夫倚杖郭東門

送安吉縣丞乃父還鄉

彰南山水由來美令子為丞有令名就養松廳雖可樂思歸枌里未忘情南州花柳催車輛東海蓬萊入郡城

十月到家應釀黍親朋傾榼酒杯清

張伯宗春霽軒二首

具區浩蕩春如海張子軒楹枕上游日出湖山皆錦繡沙明魚鳥亦風流願從賔客傾光霽豈有文章足唱酬東望華㯓三百里老夫早晩繫扁舟

令祖論交五十年杜陵别後竟游仙相望一水神如在不識諸孫恨每牽黄鳥歌殘求友賦白鷗催上釣魚船令人想像登臨處消得吴淞酒一川

題仙居秋晚

居士香光䵗筆鋒興來能寫玉夫容天機爛漫玄黄襍
元氣淋漓紫翠重秋滿闌干圍錦樹雲開瀑布落蒼松
山居也自風流甚我老無由脫屣從

九日過姚廷暉隱居二首

病起扶衰上釣槎乘流直到故人家一秋止酒樽無緑
九日開園菊未花海氣通潮生白霧天風如水洒烏紗
歸來落葉多如雨欲寄新詩日已斜

客鄉時序苦匆匆九日愁生斥土東樽酒幾家酬令節

鬢毛千丈自秋風柳州心賞隨年薄鄭老襟期與子同

回首故園歸未得家人誰問菊花叢

七夕和韻

天孫今夕意如何風浪無聲鵲渡河詞客成章誰復和

家人乞巧自相過雲開星駕秋垂象露下螢機夜織羅

從此一番嘉會後畫屏銀燭嫩涼多

示院中同考官

槐花落盡棘闈開考試文場拔俊才多士爭先龍虎榜春官已在鳳凰臺星分燭影簾前過風送潮聲閣上來準擬明朝同出院不妨今夕更銜盃

院中夜坐

檄下丘園赴考文日臨高閣步青雲同襟諸老心相契嚴約仙官思不羣木葉秋風黃落落桂花凉月白紛紛摩挲考眼評朱卷秉燭西窻坐夜分

送同考官劉子彥還江西

桂苑香傳大比年盡簪簾内聚奎文衡到到手秋同考
藥裹闈心夜不眠黄菊重陽彭澤酒白鷗萬里楚江船
班荆若向西陵道落木紛紛思黯然

和同考官蔣文質韻

三年兩度赴鄉闈束帛戔戔荷賜衣南國文章方袞袞
西湖楊柳自依依雲霄鴻鴈來賓早江水鱸魚入饌肥
明月城南同話别一帆風色去如飛

陪同考官劉季治遊湖山

憶昔西湖遊畫船重來風景總茫然酒家楊柳渾無主歌館琵琶已絶絃竺國朱甍仍舊貫岳墳翠柏自流年平生平古登臨興搔盡雙蓬雪滿顛

赴閩考試舟至常山驛乘驛至分水關甚勞困

閩闈貽書招校藝常山假道擬乘軒一肩藍筍身如播千里青山手可捫分水有關天設險殊鄉為客我將孫人生用舍終歸盡自笑驅馳不憚煩

舟至懷安驛乘輿到西禪寺明日郡守侍布政

按察二司官來設筵欵曲遂相迎入城

溪行千里石崚嶒東望懷安喜不勝兩岸白沙如積雪一壺秋影湛清氷道詢故舊多官塚寺有殘僧守佛燈多謝上官能遠迓盃盤羅列酒如澠

飲别

酒熟閩城不用賒騎驢日造故人家香傳茉莉能留客葉裹檳榔每當茶送别秋風裁白苧問津明日上靈槎出關一笑青天濶歸去東門且種瓜

赴考試歸發懷安驛至崇安二首

肩輿晚出懷安驛老體凭欄得暫寧千頃魚波通海白百年榕葉接天青喜無供給煩津吏若問逢迎有驛亭

從此出門機事息摩挲雙眼倍增明

水驛移文遵客程溪聲入枕旅魂驚波間劒石參差起沙際桜船欹側行涉險異鄉因校藝思親遺體若為情

明朝擬過鉛山道應有門生覓轎迎

舟中遣懷

蓬底無眠夜氣存起來危坐候朝暾灘聲轉石雷霆鬧
山氣成雲日夜昏閩國文章初過眼蓬萊清淺獨開尊
歸途只藉詩消遣可惜無人共對論

院中和布政王公中秋不見月 己卯科

薇府西風生夜涼如何明月秘秋光塵生玉鏡愁成結
香拂仙葩爛未央方伯有情煩燕享老夫多病卜龜藏
平生秪有丹心在衰朽無由答尚方

懷嚴御史震直

秋風開遍王夫容此日登堂酒興濃千里停雲山仰止寸心求友水朝宗飛騰羨爾排空鶴偃蹇猶吾架壑松最喜諸郎能好禮庭闈文史足三冬

懷王布政公朝賀回司

山行雪霽跨名駒奉表正元上帝都玉帛千官朝黼座烟花三殿賜宮壺奎光下被薇垣客江水應還合浦珠不獨儒林蒙雨露南來郡國總沾濡

奉和王布政公雲居院詩韻

院中主僧窓前舊栽牡丹一本每歲花開甚盛因助詩料云

白雲長繞梵王居西竺名山總不如客至每煩禪榻下詩成誰問酒樽廬摩挲脩竹三年别抖擻塵襟一旦舒更待牡丹庭下發重期來此賦元輿

送吕賛府

賔興冑監早成能出佐絃歌不負丞花縣朝聯金榜客松廳秋淨玉壺氷已聞行旆朝天去終見先生自此升西望瓊樓千里隔月明飛夢到金陵

送道孟熈

金陵自古帝王州之子茅莊若綴旒千里過門敦古道百壺出祖重離憂鍾山王氣盤龍虎句曲丹光貫斗牛若見茅君煩問信老夫早晚亦東遊

隱翠巢

溪上雲屏㶚葯房考槃歳月未全荒不愁牖户漂風雨頼有松䕋宿鳯凰白日卧雲蝸室冷緑陰如水燕居凉客來見説歌招隠便欲扶藜到草堂

衡山雨意分題送童中州

衡山積翠晝多陰雲氣時常吐玉岑擬議從星緣有好
商量潤物豈無心已將膏馥沾庠序曾見文章賦上林
此去朝天當考績定須用汝作商霖

題盧清源墓銘後　蘇伯衡編脩作墓銘

錢塘城裏武功天吾道行藏子獨賢簫管吹殘風月夜
易經讀盡亂離年東吳梅福元非卒北海盧敖竟得仙
内翰作銘垂不朽幽光千古照重泉

徐大章府教九日小集

廣文招我飲重陽樽俎論交樂未央故舊幾人蓬鬢白風流九日菊花黃陶潛止酒非真性杜甫登臺有故常傾座喜逢皇甫湜醉歌代木有文章

次日皇甫彦昭復招飲且賦詩見示因和韻以謝時徐廣文鄭叔致同飲

老我每扶斑竹杖多君重約紫萸杯千頭橘子從人采一樹芙蓉對酒開北海芳尊無俗客南州高士不凡才

同襟更有麟溪鄭千里跫音不遠來

簡韓留守

得歸京國賀新除日倚都門望母輿忠孝共傳楊伯起風騷爭似馬相如雙鬟小妾能沽酒一樹來禽對讀書記取東城相見日緑陰庭院雨聲疎

古鼎

苑家得鼎緑如爪制作神奇世所嘉王氣成雲含翡翠螭文作篆隱丹砂周遷郟鄏何勞問漢祀汾陰亦浪誇

重罷終當貢天府會看傴僂拜黄麻

苕溪漁隠

苕花白白覆漁罛門外滄浪湛玉壺西塞一簑清入畫雙溪百頃直通湖鯨鰲罷釣吾堪老鷗鷺同羣爾不孤留取殘書歸去讀水雲鄉裏著潛夫

環翠軒

城居歳月厭風塵踏錦溪頭願卜鄰緑遶堂堦萱草滿清圍林木柳條新弟兄羅别前庭玉賔客摩挲席上珍

老我憑軒聊弄筆煩君貰酒屢傾銀

和李參政樵李韻

樵李青浮雲樹東往來不用歎途窮身留雪水雙溪上夢繞鴛湖一舸中楊柳畫堆春寂寂杏花官舍雨瓏瓏可憐舊日宣公地回首繁華一旦空

倪雲林竹石喬柯圖有詩題其上鄰友得之索予步韻

此老文章五色霞胷中丘壑載浮家酒酣弄筆如種玉

步屧到門頻索茶喬木拂雲青冉冉叢篁低地緑斜斜
別來想像風流意不覺秋霜滿鬢華

雲林為叔芳所畫竹石圖鄰友得之索予題識

感舊興懷悵然有作

喬木槎牙霜滿天幽篁相倚緑娟娟筆飛翡翠秋數葉

玉琢芙蓉石一拳彷彿求羊來蔣逕分明丘壑似藍田
兩翁仙逝花溪晚令我披圖思黯然

壬子冬十一月日僕過浦江訪鄭仲舒博士伯

仲鄭首賦詩因和韻以謝

湖海論交伯仲知死生契濶每攢眉别來歲月如長夜相見衣冠異昔時有酒阮公渾得醉無家杜甫不勝悲請看棣蕚相輝處吾亦低頭拜紫芝

遊惠香寺 寺有狎鷗亭

池上峯巒生夕陰松風吹作海潮音白鷗不下清泠水鸐鵫仍飛紫竹林殿閣金鋪空想像山川黃葉倦登臨兹行不有同襟鄭誰買香醪為我斟

一鏡森羅刼火空寺前有亭榜曰一鏡森羅上方遺構石橋通經殘白象歸乾竺水落游龍蟄化宫寺前有雙池烏桕千林珠顆皎丹砂一樹石楠紅匆匆未盡登臨興準擬重來宿贊公

哭鄭仲幾僉憲墓在烏傷

錢塘城裏亂離年膠漆情親席每連約我登堂同拜母悲君作客竟遊仙春風燕子江南夢宿草麒麟石上眠東望烏傷埋玉地令人中夜淚潸然

答仲舒博士簡危先生韻

謝公平日愛登山歲晏歸來兩屐閒野望松筠連第宅樓居風日隔塵寰酒盃可但拈重碧詩句吾當露一斑從此與君成二老不妨白髮對蒼顏

冀北離羣二十年相逢猶記客燕然太常詞翰當傳後老容聰明不及前竹葉清酤從我醉梅花綠鳳可人憐無端藥裹關心甚歸夢頻頻到霅川

鄭叔車迎父詩卷

日落長安客未回思親無柰肺肝摧便騎驛馬追風去

不道江船載父來白髪南歸禾黍地青山西繞鳳凰臺

還家棣蕚春無限好着萊衣舉壽盃

浦江道中寄義門鄭諸公

白麟溪頭孝義家百年喬木湛清華義門有水木清華亭樽開北

海長留客地接青門好種瓜雲碓曉舂杭稻粒星機夜

織木綿花先生莫問貧何事最是香醪不用賒

驪駒賦罷出高門送遠何人把緑樽一代衣冠燕市客

謂少公也

三朝文獻鄭家孫溪頭黃柳愁先見轎上青山手可捫數盡客程魚浦近紛紛白雪映朝曦

凝清軒

户牖朝光净客衣凝清軒上坐忘機金鳧駐火春猶浅緑鳳棲香夜不飛賓主盍簪名教樂文章關世賞音稀老夫亦是耽詩者曾此冥搜竟夕暉

椿萱齋壽

靈椿已種八千歲萱草叢生鸞鳳毛春在庭闈煩定省

花緣兒女受劬勞老人天禄然藜杖阿母瑶池賜玉桃
早晚登堂介眉壽未應老客擅詩豪

清暉軒

茗雪山川入素秋盧郎吏隱過東州雲開紫翠來蒼弁
水泛空明下白鷗杜老草堂多美竹賀公茅宇一虚舟
只今來往風流甚日落簾鈎坐不休

黄處士隱居先隴

沃州之西天姥前先公結茆今百年白雲悠悠去不返

青山疊疊來無邊栽花相近杜陵宅載酒或上賀家船
傍人若問黃叔度少微今夜懸中天

雙溪釣隱義門鄭叔文索賦

貌得雙溪釣隱圖蒹葭霜落過湘湖沙頭繫纜舟相並
蓬底攤書客不孤千尺雲松龍夭矯兩邊江樹錦糢糊
平生亦有烟波興消得先生酒百壺

鄭叔弓扇

金華山下草亭孤五月荷花似鑑湖風急纜侵堤上柳

渚清魚泳水中蒲扣舷二客應能賦送酒群鷗不待呼

誰道人皆苦炎熱溪山隨處有冰壺

陳教諭寒谷

烏傷縣西鳳林東中有一砿盤之宫兩崖凍合梅花雪

四壁秋生木葉風孑真烟霞豈不樂幼輿丘壑將無同

明年棄官好歸去笑歌酙酒春融融

和鄃大尹韻

湖海論交益者三喜瞻冠盖聚東南雲開天闕文星爛

風動儒林士氣酣幕府一尊初識面郎官百里暫停驂

請公試飲茗溪水吴祐從來性不貪

題扇

溪回蒼翠湧蓮花林屋深重識故家肅容慣看雙鶴舞

應門賴有一童鬖八窓嵐氣生雲幙六月松陰隱日車

見說山人能好禮百壺春酒屢能賒

送蔣宗道還山陰

八月凉風生越羅湖家作客喜同科朝盤海錯先生饌

秋館皋比午夜歌越國群峯青不斷胥江一水綠無多

戴逵若在山陰住別後煩君問白鷗

寄處州張吳二公子

柳下紅橋水一涯曾煩使者繫仙槎蒲帆風急忙何事

著酒樽空恨莫賒同鴈峯前公子宅浣花溪上老夫家

相望千里音塵隔搔首江雲鬢已華

清遠軒

茗雪天開罨畫圖薛家結構瞰冰壺雲消一塔浮金盞

水泛雙溪入太湖白屋無官塵不到秋風有客酒宜沽
請看珠玉揮毫處深愧題詩待老夫

宴鄭義門有序堂

春日論交有序堂頻煩鄭老宴霞觴飣盤珍果分崖蜜
照席名花妬海棠松柏在山多壽考主賓有禮總文章
明朝别後應相憶豈恨春江百里長

耕樂軒

石溪八月風露涼偶來田舍聊相羊槿花紅白開滿樹

秔稻青黃催築場諸孫五六爭弄影阿翁八十能和先
人間得喪我知矣不如耕鑿歲云長

荅林子山清明有感

白鱗溪上屢經過行役頻繁柰老何寒食清明丘隴遠
東風西雨落花多客懷渺渺青潭嶺鄉夢紛紛綠水波
愁殺春耕歸未得老妻應賦扊扅歌

早發錢塘抵漁浦

户外有霜雞既鳴官船當檻唤人行五更風雨春潮上

萬里雲霄北斗横江樹離離微可辨寘鴻肅肅不勝情

老來自笑猶行役又聽前山伐木聲

張正卿索母夫人挽詩

母在清河年九十嫁來明鏡不重磨斑衣正好娛萱草

白髪其如詠蓼莪機杼月寒梭已化竹萌風拆淚偏多

老夫亦是憂親者忍聽啼烏夜倚歌

題王黄鶴枯木竹石

鷗波亭下水光微黄鶴翱翔振羽衣冰壑風生蒼雪下

墨池雲起紫鸞飛枯梢有待乘槎客靈壁曾支織女機
搔首風流今已矣摩挲令我重歔欷

吳教諭茅屋讀書

鶖湖之山凌紫烟結茅山下儲遺編青年日誦無逸訓
綵衣時咏白華篇窓分隣燭夜達旦膝穿木榻寒無氊
一朝蜚聲桂花籍歸來拜母恩袍鮮

林霏軒

雲屏繞屋翠聨峯游氣濛濛奪曉鮮紅濕花梢疑作霧

青浮樹杪若非烟醉翁有記詞無敵吳子開軒景獨專
稍待日高林壑霽詩人相約賦賓筵

為闗石泉題松雪山景

圖畫袈裟共一船老師訪我索詩篇山川總入西風裏
鴻鴈群飛落木前中允高情空想像大年小筆漫流傳
嗟哉遺墨成今古一段流風付石泉

趙松雪畫梅并賦一首題寫于上

魏公畫梅何所師丰神逺邁楊補之鐵心石腸廣平賦

跌枝泠蓝杜陵詞白雲變化墨數點緑鳳飛來春一枝

老夫留題且别去山城玉笛何人吹

題澄上人秋江卷

凉風嫋嫋泛吴淞派接曹溪衲子從地圻東南天設塹路通巴蜀水朝宗百川灝氣來朱鷺千里流光繞玉龍料得上人蟬蜕處白毫長照玉芙蓉

皇甫廷玉贈士端梅花道人山水圖

道人造化蟠心胷能寫吴王之羣峯氤氲佳氣吐烟巒

冉冉空翠浮雲松瓊樓高駕九苞鳳銀潢下飛雙玉龍
劉公歸去得此畫出門一笑登吳淞

遵道枯木竹石

嫋嫋秋風來洞庭枯株拔地玉亭亭白雲晴拂驪龍角
蒼雪涼飄翡翠翎纖仲揮毫誰作賦道玄用墨久生寧
薊丘亦有前人興父子齊名照汗青

福建都司姚行素經歷索賦望雲

閩關何處是桐川西望歸雲眼欲穿玉葉凌風飛冉冉

依衣出壑舞蹮蹮思親路隔三千里為客心懐喜懼年

太史若脩忠孝傳懐英千古獨稱賢

梅莊書屋簡僉憲索賦

清江先生鐵石腸閉門讀易梅花莊香飄玉雪侵經籍

風落鉛華照筆牀苔色上簾春寂寂書聲出户夜琅琅

明朝只恐詞林召使者先歌我馬黄

江山勝覽陳叅議索賦

分水崇關日夜開登臨觸處有樓臺溪翻雪浪羣龍吼

山擁雲屏萬馬來鼓岫一峯當海立武夷九曲自天開只今方伯瀛洲彦休暇何妨舉一杯

廬山為孫僉憲作

西望匡廬不可攀我家只住楚江灣歐公詩句青冥上李白書房紫翠間黄髮高堂臨五老繡衣令子控三山兩鄉千里同明月歸省何時一舞斑

富春書屋

富春山中一草堂秋花鈴下風露涼日臨簡冊足游泳

夜吹藜火生輝光芸香侵帙蠹魚盡草色映堦書帶長
一朝蜚聲桂花籍昭回雲漢皆文章

挽存善周處士

此老城居樂隱淪一經教子豈長貧傳家每羡張公藝
種德當如竇禹鈞華嶠聲聞天上鶴屋梁月色夢中人
湖山頼有牛眠地千古幽光照翠珉

送施惟中河南布政使

新除布政施君子吉月驅車赴汴州日下承恩膺重寄

河南宣化闡皇猷天開艮嶽青雲繞山擁王宫紫氣浮定有丹心先報政清光應照鳳池頭

送黄原英赴廣東參政任

聖主掄材及故家晟溪有客玉無瑕身參大政新承寵帶束黄金喜拜嘉海上一洲多荔子天南五嶺總梅花丹心報國須公等好挾剛風萬里槎

送劉士祁舍人還括蒼

老夫與爾通家好前後論心六十年吾道近來好佛法

名公何事每逃禪束書夜發苕溪月行李朝催越水船
不必相親又相别梅花開日到青田

因文忠寄勉文貞上舍

吾宗有子玉無瑕勵業成均志可嘉交重金蘭煩下榻
禮因雞黍叙通家春城插柳風行水寒食登樓雨散花
歲月新功須努力天河萬里有星槎

挽徐止善先生

閉門讀禮了生涯往事浮雲兩鬢華陶令歸來題甲子

林逋老去種梅花可堪掛劒先生墓無復聞琴處士家
回首錢塘埋玉地令人揮淚重咨嗟

息齋道人竹禽圖

學士才名冠薊都興來能寫竹禽圖吹簫秦女來靈鳳
鼓琴湘娥怨鷓鴣風度秋聲宜獨聽月明清影不同孤
歲寒猶愛江邊水歷盡冰霜似老夫

簡聚上人

誰道浮屠絕五倫阿師結屋奉慈親秪須香積供三飯

何用肴饈薦八珍井上蓮花清淨好佛前鸜鵒性情馴因之令我成愁歎始信沙門有學人

和劉誠意伯韻

八景盤中事事宜劉侯怪我懶題詩自慙倚馬才情盡無柰濡毫製作遲欒裏每因貧病日衣冠喜遇聖明時多君肯説先公舊令我重揮墮淚碑

陪薛太守遊道峯

落花滿道雪紛紛老客登臨思不群天上三池含緑水

山頭一塔倚青雲蘇公詩句令人歎何楷書聲隔塢聞
露冕行春真樂事詩成兩袖染爐薰

烏程許大尹待東白

旌陽孫子宰烏程出署朝朝戴啟明身委公家思早作
志勤王事坐殘更雞鳴城郭天光爛花拂裳衣旦氣清
太史若脩忠孝傳定書吾道許侯名

荅許太尹

危樓百尺擅佳名回望山川爽氣清令尹文章鏘佩玉

老夫家世忝簪纓孔融美酒留人飲杜甫丹心向日傾
共沐天恩長感激悠悠吾道荷生成

誠意伯劉公盤谷八景

青山積翠宛如雞昂首應同腑石棲若木風生疑振羽
扶桑日上不聞啼西來爽氣浮青瑣東挹天光照紫泥
會見君王頒世祿先生依舊上雲梯

右雞鳴山曉

穹隆翠巘類龜形諸老題詩手不停土作岡陵無卦策

氣蒸雲雨有神靈天機漏泄梅先發地脉勾萌草欲青
便擬郊行問花信鳴騶先我扣林坰

右龜山春意

何事西疇起怒濤南風作夜長新苗青浮吴甸三秋草
白漾昏江八月潮田畯有疑頻卜歲溪翁欲度不容舠
天時合應豐年兆準擬家家醉濁醪

右西岡稼浪

千尺青松滿北林谷風不動自成吟春雷殷殷龍驚蟄

靈籟颯颯鶴在陰世治欲聞韶武奏心清如聽海潮音
多君洗盡筌簧耳能為松聲一鼓琴

右北塢松濤

劉侯自有神仙宅近結衡茅俯澗阿二水合流成大壑
雙龍飛雨下天河波光雲影長相盪玉鑑氷壺不用磨
老我荒村多蠒足無由同賦考槃歌

右雙澗秋潭

三峯玉立青雲表中有幽人望影娥天上嬋娟長瑩潔

人間歲月自消磨斕斑綵服清光近照耀慈幃白髪多好奏塤篪拜家慶不妨清夜飲金波

右三灣夜月

雲松矯矯覆漁汀石上苔痕掃復青謾把奇文投剩水可無赤鯉伏滄溟先公已應非熊兆北客猶容處士星秪恐釣磯藏不乆天書早晚下青冥

右松磯釣石

新種琅玕緑可憐中林有客欲逃禪兩堦蒼雪飄衿佩

一逕清風沐簡編日色上簾朝退食書聲出户夜無眠案頭不用然膏火應有藜光照席前

右竹逕書齋

次布政王公韻送同考官蘇鳳儀

棘闈較藝樂新知不久分攜重去思青眼肯揮離別淚白頭同老聖明時客懷暫醉烏程酒人事空悲墨翟絲别後莫因雲樹隔鴈回無惜寄來詩

緑淨為丘通政賦

通政幽居足隱淪新開水榭隔游塵雪消波影浮青瑣
風泛天光泳紫鱗漱渴每思唐杜甫濯清獨美楚靈均
老夫屢有憑闌興秪恐衰年咳唾頻

梅月雙清

先公風采有如仙曾種梅花閱歲緣綠鳳棲香春澹澹
素娥行影夜娟娟琴彈白雪延高酌席泛清輝足醉眠
最是孫枝能好禮往來吾道每留連

浙江儲都尉射虎卷

將軍膽氣拂青雲朝閱孫吳晚好文可但奇功誇一虎
會看大節冠三軍雕弧白矢開妖霧雨血風毛灑夕曛
斬却樓蘭應有日丹心好答聖明君

太白觀泉圖

清平賦罷百花開怨爾青蠅集上台投却鑾坡摛繡筆
遂歸廬阜讀書堆河傾瀑布飛龍下風散瓊英振鷺囘
仰面青山一長嘯浮生如此且銜盃

遵道溪山春曉圖

李侯解組住荊溪三客論交遠過之情似謫仙來鑑曲
興猶杜陵遊渼陂孤岑削翠青冉冉清波洗玉綠瀰瀰
昔人風流有如此披圖今我空歎咨

雙溪漁隱

婺女樓前月色澄題詩還憶沈吳興雪消二水鷗走席
春入孤舟魚上冰泛梗苕溪時貰酒讀書茅屋夜篝燈
客星迴照相江水秖恐君王問子陵

代繼祖庭和曇芳韻

扁舟西來尋槃可冰雪軒中枕書臥新詩何處忽西成
祖庭更有師兄大佛前薝蔔香霏霏殿後琅玕青箇箇
我今說法佛子聽天開五色送花座

代鄭善卿和楊叅政

蘇隄楊柳萬千條一夜風霜變六橋白骨湖邊鵬舉墓
素車江上子胥潮琳宮梵唄秋風咽玉帳虞姬夜月遙
莫向鄰翁問秦賈至今清淚話前朝

七言長律

挽鄭博士

浦江春水綠沄沄苦憶平生鄭廣文燕市盍簪交有道
龍沙躍馬喜同群觀光嘆我空為客獻賦多君早策勲
内省承恩天咫尺太常議禮日紛紜草麻風動飛鸞筆
進講香浮辟蠹芸紫禁朝趨朱履上青綾夜擁麝膏焚
清光屢被張公藝輿論歸同崔孝芬還轉倦為天上客
釣遊還憶越中枌鱸魚風起驚秋暮駿骨臺傾又夕曛
西過鎬京歌振鷺南歸粟里賦停雲鶺鴒沙暖詩無廢

棣蕚軒高酒屢醺一飯思親留美味五倫有子浣中裙譜逾十世終無釁服盡諸孫不忍分炯炯丹心明杲日垂垂白髮避玄纁泉因孝感親朋汲田播人情子姪耘拄杖有時歌綠竹濯纓隨意采香芹稀年已見圖三老好客時能罄一欣華表忽聞千歲鶴山中已有百年墳屋梁月色徒勞夢谷口跫音已不聞欲致生芻歌薤倒白頭清淚灑江濆

五言絶句

蒲桃燈

碧葉覆驪珠枝撐不用扶夜窻燈火鬧星斗落氷壺

牧牛圖

細雨濕江烟烏犍帶犢眠牧兒無一事垂釣晚風前

梨花偷倉烏

勿云斥鷃小更比鷦鷯微竊食大倉粟却繞梨花飛

題扇

喬木濃陰合群峰曉色開山人凭水榭誰棹酒船來

墨梅

夢裏瑶花落烟中綠鳳翔更無明月色唯覺麝煤香

墨桃白頭翁

春風能作寒野桃亦改色山禽驚變化愁得頭俱白

墨梅寒雀

枝枝玉雪凝朶朶烟霧濕凍雀知春風飛上稍頭立

題畫

長松蟠翠蛟群岫走青兕沙頭駐篙人有待兩高士

畫竹四首

風

公子歌淇澳仙娥舞翠衣清風一披拂化作鳳鸞飛

晴

赤日不到地清風長滿襟求羊如過我移席坐凉陰

雨

緑潤枝枝濕青垂葉葉濃作霖如變化吾亦願從龍

嫩

粉節猶含籜新梢未出牆中林逢兮敬不覺淚浪浪

七言絶句

趙待制席上

春城飛絮日顛狂簾幕風微燕子忙醉後不知羅袖薄牡丹花上月如霜

發華家步二首

華家步頭山作城山中小溪如奕行五更風雨到篷底八十二灘春水生

晴風漠漠吹紅花灘水泠泠走玉沙船頭香稻炊未熟

不知不覺到金華

趙千頃梅關歸計圖

南望鄉關紫翠微白雲飛處是庭闈到京擬上陳情表

萬里梅花一騎歸

黃鍊師詩卷

枸杞纍纍白芷香鍊師采藥過黃岡道旁若見猱思避

為道南山有虎狼

湧金門即事

湧金門外步陽春舊日軒楹盡刼塵却笑柳洲新燕子飛來不識白頭人

山水小景

溪上群峯擁翠鱗石根緑樹隔芳塵山人豈是陶貞白坐看浮雲聚散頻

徽廟折枝木犀

瓊樓十二桂花宮談笑風沙艮嶽空可惜天香懷不去

一枝遺恨畫屏中

芙蓉野鳧

芙蓉露冷粉香銷戲水仙鳧玉羽嬌只恐稻粱肥却後
空煩太史候王喬

芭蕉士女二首

懶繡鴛鴦起欠伸芭蕉偏妬六宮春若為久立湖山下
只恐無愁復化身

花落朱闌日影移玉人睡起要扶持東風一卷芭蕉葉

欲寫春愁寄與誰

芙蓉孔雀

芙蓉能白石能星花下凉生孔雀翎莫遣都人頻看畫須防有客射金屏

題扇

青雲松蓋雙龍矯絳雪梅花兩樹紅欸乃若歌山水緑荻花溪上有漁篷

題趙待制馬圖

雲氣成龍產渥洼貢來天廐玉無瑕春風三月長安道
曽勒金羈看杏花

題桓伊吹笛圖

王業艱危事可知新亭舉酒淚交頥桓伊豈是忘君者
翹足閒將紫玉吹

題陸允申扇

龍溪二月水如天楊柳垂垂綠似烟最是蘇灣春好處
桃花不礙釣魚船

題西湖景

桃花含笑柳絲牽月榭風亭似畫船回首湖山舊遊處一湖流水半荒烟

松月軒

户外青松落子初秋光飛下玉蟾蜍晚涼定有歸來鶴相伴仙人夜讀書

題表姪張豫畫扇

子被衰麻居倚廬可憐憂色未全除蕭蕭喬梓秋風裏

能向蓬窻讀父書

遣婢五首

夜半烟銷織女燈涼生蘄簟寢還興獨憐井上梧桐月照見紅冰第幾層

阿蓮今夕苦辭房向我褰衣泣數行親手起來收汝淚殷勤好去事姑嫜

王謝堂前燕一雙烏衣涎涎拂金窻雕粱一夜西風起腸斷東家飛過江

阿蓮別我嫁牛郎溪上紅蕖步步香宋玉才情今已矣老夫無復夢高唐

手種楊枝與柳枝當時培養本無私如今老去黃金盡粉白從渠嫁阿誰

蛺蝶圖

玉質名花照眼新多情蛺蝶採香頻若為飛過西家去一段春愁惱殺人

棣花軒

買栽池館錦香和一夜風凋可柰何遺事不須詢故老
湛家留得棣花多

挾彈圖

五陵蕩子控雕鞍挾彈春風樂少年老客秪知耕鑿好
買牛歸去種山田

答趙都事二首

白面郎君新進士厖眉書客老諸生酒醒同望雲霄月
依舊闌干北斗橫

白鷗波上王孫家百年喬木含清華相思昨夜倚樓望
月明照見冬青花

苕溪漁隱

天末群峯下翠巒松根茅屋倚溪干老夫欲赴漁舟去
只恐風波也不安

松雪竹禽圖

烟消淇澳緑霏霏石上琅玕紫鳳飛一段幽情誰寫得
山禽閑理翠毛衣

紅梅

姑射仙人玉雪姿無端酒暈上凝脂孤山若有歸來鶴認作桃花也自疑

題畫

金碧樓臺天上開雲林深鎖讀書堆問奇莫道無人過有客今朝載酒來

和韻西湖雜興六首

清秋為客梵王家搔首西風兩鬢華莫待天厨香積飯

有僧林下掃松花

五馬遊山傍酒家冷泉無復湛清華道旁賣酒多嫠婦

門掩天香采桂花

吴山絶頂舊天家一代遺宫歎玉華鳳鳥不來江水涸

冬青落盡萬年花

老來爲客倍思家先壠荒凉歎白華節物不知愁裏過

西風開到拒霜花

柳洲昔日故人家烽火經今幾歲華莫道群英俱落盡

秋光都在紫薇花
雲屏繞屋竹為家愛爾山樓靜不華記得唐人詩句裏
日斜曾詠款冬花

雪景

群峯玉立雪瀌瀌蓬底詩人興獨豪好在山中春釀熟
買魚歸去飲松醪

水殿納涼圖

百頃荷花水殿開館娃日暮采香回夫差只玩宮中樂

不道溪南報越來

小兒牧羊圖二首

小兒坡下草盈墟濈濈群羊食有餘誰道牧童長在野截蒲曾見路溫舒

塞上荒荒古戰場夕陽芳草幾芸黄可憐漢節歸來晚遺下羣兒替牧羊

柳巷晚步

五雲門外雨初晴柳巷風微下馬行記得誰家亭子上

杏花官酒聽彈箏

晚行溪南金仲達索賦

芙蓉花開秋滿川小姬采蓮缸作船忍將素手代雙楫

衝波莫被菱根牽

讀碑圖

孝女祠前江水流松間石刻尚含愁曹公欲辨碑陰字

若比楊脩後一籌

宋劉松年臨唐閻立本商山四皓圖

松根老客豈凡才棋局春深半雜苔羽翼已成王業定
不勞鳩杖出山來

枯木鴝鵒

危梢削鐵帶叢篁曾染宣和翰墨香展畫若為鴝鵒舞
諸公應笑老夫狂

瞻雲軒

潮生潮落富春隄瞻望歸雲眼欲迷若道豊隆能化馬
騎風先到楚江西

文敏公蘭亭帖

茂林脩竹已荒墟定武蘭亭歲月除回首吳興松雪老風流不減右軍書

思遠軒

知君能誦永思篇歲久憂親自可憐老我亦興風木恨夜深揮淚不成眠

霞嶼錢塘有徐靜者五七歲時夢遊十洲三島故以此號

芙蓉城裏是天家與子曾飡五色霞一枕夢回春又晚

丹光吹上武陵花

徽宗鵲

一鵲僊僊噪白楊細看描法似徽皇當時若畫隨陽鴈猶得傳書及故鄉

舜舉瓜圖

綠膚引蔓玉團團曾種青門一畝寬記得草堂詩句裏杜陵曾瀉水晶寒

紅皺手擘香生玉慣向吴興畫裏看若道葵丘今及代

老夫無復夢長安

賣醋圖

儒者由來愛食酸崔宏三斗豈虛傳乞醯只恐隣家笑且賣文章當酒錢

猿圖

紫茄垂玉故園東偷眼獼猴腹未充旦暮若為三四術衆獼應是恐狙公

金人飛放圖

沙漠微霜草木凋金人騎馬氣何驕蒼鷹飛上青冥去
雪洒雲鶱白錦毛

馬遠山水

千尺雲松倚石床飛泉漱玉洒衣裳兩翁自得棋中樂
不道人間有許忙

慎齋

書滿床頭藥滿家良醫慎疾玉無瑕他年濟活功成後
談笑閒園看杏花

恒齋

醫道由來貴有常要須持久事岐黄此回若遇韓康伯請問平生不二方

杜牧詩意圖

蕪城山水淨芳塵詞客閒情每惜春一點落紅銷不盡風流都屬倚樓人

題畫

山繞林亭紫翠浮鳴琴有客久忘憂不知疊嶂夜來雨

澗上白雲如水流

竹

墨池洗玉淨無泥葉葉涼陰綠未齊記得滄江聽雨夜

湘靈鼓瑟鷓鴣啼

馬圖

柳拂金隄碧草齊青驄騰驟落花泥歸來飽食閒羈靮

獨立丹墀不敢嘶

題王黃鶴小幅

每向西湖載酒過小風輕雨聽漁歌王君又寫孤山意從此令人入夢多

題淵明醉歸圖二首

楊柳陰濃徑未荒每從鄰曲詠壺觴北窗長日風如水扶醉歸來夢亦凉

秋聲策策振庭柯良夜佳人鼓瑟歌試起開門望明月芭蕉葉上受風多

墨菊

未央宮殿鎖鴛鴦瓦上朝朝日色黃到底秋香銷不得
風枝一夜染玄霜

馬圖

花落龍門春晝遲錦韉玉勒爛光儀而今喫遍燕然草
閒却絲韁不用鞴

楊妃秉燭圖

夜醉沉香秉燭歸丁寧婢子好扶持分明一炬驪山火
爭柰三郎死不知

花谿集卷三

總校官進士臣程嘉謨
校對官中書臣毛上㫖
謄録監生臣法　炯

圖書在版編目（CIP）數據

花溪集 / (元) 沈夢麟撰. — 北京：中國書店，2018.8

ISBN 978-7-5149-2113-7

Ⅰ. ①花… Ⅱ. ①沈… Ⅲ. ①古典詩歌 – 詩集 – 中國 – 元代 Ⅳ. ①I222.747

中國版本圖書館CIP數據核字(2018)第084828號

四庫全書·別集類

花溪集

作者　元·沈夢麟 撰

出版發行　中國書店

地址　北京市西城區琉璃廠東街一一五號

郵編　一〇〇〇五〇

印刷　山東潤聲印務有限公司

開本　730毫米×1130毫米　1/16

印張　17.25

版次　二〇一八年八月第一版第一次印刷

書號　ISBN 978-7-5149-2113-7

定價　六八 元